pornos machen traurig

Peter Redvoort

© 2011 Peter Redvoort

Herstellung und Verlag: Books on Demand GmbH, Norderstedt

ISBN 9783842349582

Bibliographische Information der Deutschen Nationalbibliothek:

Die Deutsche Nationalbibliothek verzeichnet diese Publikation in der Deutschen Nationalbibliographie; detaillierte bibliographische Daten sind im Internet über http://dnb.d-nb.de abrufbar.

„Ich erkenne keinen Unteschied zwischen den Weibchen und denn Männchen." sagte die kleine grüne Frau zu ihrem Assistenten und starrte intensiv auf seinen Bildschirm. „Jedenfalls nicht aus dieser Distanz. Sehen Sie einen?" Und es war schon die hundertzwanzigste Erdumrundung.

„Aber sie paaren sich doch offensichtlich" fügte sie hinzu. „Man sieht durch das Teleskop ab und zu Verhaltensweisen, die darauf hindeuten, dass sie einander körperlich näher kommen wollen. Und sie zeugen jedenfalls Nachkommen – wir sehen ja genug von den Kleinen".

„Vielleicht sollten wir auf die Auswertung ihrer Datenströme warten" meinte der Assistent. „Sie haben ja bereits Daten-Higways – auf denen übermitteln Sie offensichtlich nicht nur Text, sondern auch Bilder – wir müssen das nur noch entschlüsseln".

„Ja, vielleicht bringt das mehr Klarheit". Mittlerweile hatte die hunderteinundzwanzigste Erdumrundung begonnen.

PARALLELUNIVERSUM

Es gibt ein erotisches Paralleluniversum, das fast jeder Mann, der zuhause einen Internet-Anschluss hat schon einmal betreten hat.

Es ist ein erregendes Schlaraffenland, ein Adventskalender mit geilen kleinen Fenstern (viel mehr als nur vierundzwanzig) die wir mit einem Mausklick öffnen können.

Wir Männer finden dort offensichtlich vieles, das uns erfreut, erregt, fesselt: Abenteuer, Aufregung, Ekstase, immer wieder neue Spielwiesen, devote Frauen, Bildchen zum Sammeln, Orte an denen man noch laut stöhnen darf, Kammern, in denen Nacktsein erlaubt ist und in denen man sich bedienen lassen kann: von vorne und hinten. Manches davon ist uns in den modernen Großstädten verloren gegangen – manches durch unsere Erziehung.

Vielleicht wollen wir Männer dort wieder Herrscher sein – oder endlich Herrscher sein (denn dass die meisten Männer nie Herrscher waren, zeigt ein Blick in fast jedes Geschichtsbuch – oder in die Gesichter der mitfahrenden Männer in einer Straßenbahn), andere wiederum Sklaven, Feuerwehrleute oder Polizisten. Exotik mischt sich mit Luxus, statt eines Penthouses mit Swimmingpool als Location der sexuellen Aktion darf es dann aber auch wieder ein düsterer Hinterhof oder eine Toilette sein.

Vielleicht ist es auch die Sehnsucht nach Belohnungen für Dinge, die wir auf uns genommen haben. Es ist leichter, sich virtuelle Belohnungen aus dem Internet zu phantasieren, anstatt sich als Mann zu fragen, warum man überhaupt so viel arbeitet, und warum man überhaupt unbedingt die größere Wohnung, das neue Auto oder die Fernreise braucht.

Für manche ist die aggressive Porno-Welt wohl ein Ventil für eine Wut, die der Konkurrenzkampf der sexualisierten Medienwelt in uns ausgelöst hat: Alle erfolgreicheren Männer scheinen „geile Weiber" zu haben, dicke Autos zu fahren und mit einem braungebrannten lachenden Gesicht durchs Leben zu gehen.

Vielleicht sind Pornos aber auch kleine Fluchten aus der Einsamkeit in die uns das Internet getrieben hat und in der Emails, Status-Updates in Social Networks und „Tweets" einen richtigen Händedruck ersetzt haben und ein aufmunterndes oder fragendes Lächeln eines wirklichen Freundes.

Und obwohl so viele Männer immer wieder in dieses Paralleluniversum eintauchen sprechen sie nicht darüber: nicht mit anderen Männern und schon gar nicht mit Frauen: ihren eigenen oder fremden.

Es ist also eine undiskutierte Welt, in der uns wohl so manches auffällt, missfällt, aufregt oder seltsam vorkommt: aber alles bleibt unter einem Schleier des Schweigens.

Jene Männer, die sich regelmäßig in diesem Universum umsehen, sehen mit der Zeit die wirkliche Welt möglicherweise mit anderen Augen: So wie ein Buch oder ein inspirierender Film unseren Blick auf die Welt verändern kann, so verändern jene Filme und Bilder, die wir in unserer zweiten virtuellen Männerwelt sehen, unseren Blick auf die Welt, auf Frauen, aber auch auf Männer und die Beziehungen zwischen Männern und Frauen – und jene zwischen Männern und Männern.

Dieses Buch handelt von dieser Veränderung – und davon, dass Gespräche darüber manchmal doch möglich sind.

LANGEWEILE

„Und, wie oft tust du es so in letzter Zeit...?" ist eine erlaubte Frage zwischen Bernhard und mir – und die Rede ist dabei von Onanie. Wir haben uns in einer Zeit der „Frauenlosigkeit" kennengelernt, haben gemeinsam das *Chercher la Femme* betrieben und sind uns dabei erzählerisch sehr nahe gekommen.

Um diese Frage zu stellen, müssen wir nicht erst drei Biere trinken – sie gehört zu unserem „Update" des Befindlichkeitsaustausches – wie das wohl in der Facebook Zeit so heißen könnte.

Eine echte Männerfreundschaft zeichnet sich meiner Meinung nach überhaupt nur dadurch aus, dass man über Selbstbefriedigung offen reden kann – und ich vermute zunehmend, dass nur sehr wenige Männer eine solche Männerfreundschaft vorweisen können.

„Nicht mehr so oft." meint Bernhard. „Manchmal vergehen drei Tage. Fast mache ich es aus medizinischen Gründen – damit die Organe in Schuss bleiben". Er lacht dabei. Ich nicke nur, und da Bernhard nicht die Gegenfrage stellt, bleibe ich meine Antwort schuldig.

Obwohl ich es ihm durchaus sagen würde: fast jeden Tag. Eine regelmäßige Angewohnheit wie das Bier am Abend oder der Kaffee am frühen Nachmittag:

Eine kleine Ekstase in meinem sonst so beherrschten Männerleben. Ein bisschen Freude in der Midlife Crisis. Eine heftige Phantasie in meiner gewaltfreien Höflichkeit. Ein kleines Männermärchen in einem Alter, in dem wir keine Comics mehr lesen dürfen.

Ein Trichter, in den ich so manche Hoffnung und Sehnsucht hineingeschüttet habe, um mir in ein paar Minuten eine kleine Erfüllung zu verschaffen, weil ich zu bequem geworden bin, konsequenter auf die Erfüllung dieser Sehnsüchte hinzuarbeiten.

Aber Bernhard ist schon ein paar Jahre älter als ich – und ich hoffe auf meine „innere Beruhigung".

Oder sollte ich auf einen Job hoffen, der weniger langweilig ist?

BIG TITS AT WORK

Als als die Kellnerin mit ihrer großen Oberweite vorbeigeht, spielt ein genüssliches Grinsen um seine Lippen. „Big Tits at Work" sage ich weil ich mir fast sicher bin, dass er die Webseite kennt – und wir lachen beide.

Ich kenne die Namen dieser Webseiten nicht deshalb, weil ich sie regelmäßig aufrufe. Ich rufe eigentlich immer nur eine Seite auf, die ein Sammelsurium an Probe-Clips auflistet, jeder davon rund zwanzig Sekunden lang und ein bis zwei Megabyte groß.

Diese Probe-Clips sollen wohl Lust auf mehr machen. „Click to see the whole movie" steht blinkend darunter – aber ich habe noch nie darauf geklickt, weil ich mir fast sicher bin, dass ich dort sofort nach meiner Kreditkartennummer gefragt werde.

Ich finde diese kurzen Clips völlig ausreichend für meinen täglichen Höhepunkt (ich nenne „es" jetzt einmal Höhepunkt. Eine Autorin, die ein Buch über Peep-Shows geschrieben hat nannte es ein „Krämpfchen, bei dem ein paar Tropfen Samenflüssigkeit austreten"). Sexuelle Handlungen vollziehen sich in wiederholenden Bewegungen – meist rein und raus – und es ergibt oft mehr Sinn, nur zwei Sekunden des

Clips in einer Endlosschleife am Bildschirm anzusehen: meine Lieblingsbewegung etwa oder meine Lieblingsstellung: vor und zurück – und wieder vor – und wieder zurück.

Was ich immer wie eine Stecknadel im Heuhaufen suchen muss, sind Clips, in denen eine Männerhand eine Frauenbrust anfasst. „Don´t touch the tits", scheint eine wichtige Regel im Porno-Business zu sein – unverständlicherweise. Vielleicht liegt es daran, dass die Darstellerinnen ihre Silikonbrüste nicht anfassen lassen wollen?

Auch Bernhard weiß keine zufriedenstellende Antwort – und jemanden anderen kann ich derzeit nicht fragen, stelle ich mit Bestürzung fest. Ich, der so viel Wert auf emanzipierte Männerfreundschaften legt, habe nur einen Gesprächspartner für das Porno-Thema?

Nun, Andreas wäre wohl auch ansprechbar – obwohl er das Thema selbst noch nicht so richtig angesprochen hat – aber seine Frau hat einmal durchklingen lassen, dass sie einschlägige Filmchen auf seinem Computer gesehen hat. Ich nehme mir vor, ihn demnächst danach zu fragen, und auch die Freundschaft mit ihm auf meinen geheimen Top-Level zu bringen.

Es ist lustig und befreiend, mit einem anderen Mann über Pornos zu reden. Indem wir unser Onanieren outen, durchbrechen wir das männliche Konkurrenzgehabe und geben zu, dass wir „Wichser" sind und fühlen uns pudelwohl dabei.

Bernhard hat wie ich ein sozialwissenschaftliches Studium hinter sich, und so mischen sich unsere Erzählungen nicht selten mit gesellschaftlichen Analysen:

Warum so viele junge Mädchen ihre Oberweite so freizügig zeigen, etwa:

Ob es denn in deren totalvernetzten Kommunikationsstruktur bestehend aus permanenter Handy-Erreichbarkeit, SMS und Facebook jemals ein Gespräch mit jungen Männern gibt, in denen sie erfahren, was enge Tops und Miniröcke denn so bei denen auslösen?

Und dabei geht es nicht darum, dass die Jungs einen Freibrief fürs Grapschen erhalten oder die „Girls" ihrer modischen Stilfreiheit beraubt werden sollen: Es geht um eine Sprachlosigkeit über eine Erotik, die in zunehmendem Maße allgegenwärtig ist.

Oder gibt es Väter, die ihren Töchtern in aller Deutlichkeit sagen: Wenn du dich so anziehst, löst du bei Jungs eine körperliche Erregung aus: willst du das denn bei allen Jungs, die du heute Abend treffen wirst?

Oder Mütter, die ihren Töchtern sagen: Du kannst selbst entscheiden: möchtest du, dass sich die Jungs heute Abend im Gespräch eher für das interessieren, was du sagst, oder eher für deinen Ausschnitt?

BARELY LEGAL

Junge Mädchen sind anscheinend eine wichtige Kategorie in Porno-Verzeichnissen. Überschriften wie „18 years old", oder „Teen" blinken immer wieder auf und manchmal werden den Darstellerinnen einfach Zöpfe und Schuluniformen verpasst, um die Szenerie zielgruppengerecht in den Kasten zu bekommen.

Und dabei geht es nicht nur um perfekte Körper, es geht ganz offensichtlich um Machtgefühle. „Dumb young bitches", also dumme kleine Schlampen werden auf die „casting couch" gelockt. Kein Mensch weiß, unter welchen Umständen diese Filme wirklich gedreht werden und ob dabei Drogen oder der Geldmangel für den Drogenkauf im Spiel sind. Manchmal sieht es ganz danach aus – und dann wird die Sache gleich unter dem Titel „crack whores" angekündigt.

Manchmal beobachte ich in der U-Bahn aus nächster Nähe solche hübschen jungen Mädchen und empfinde keinerlei Erregung, weil ihre Gespräche ganz deutlich machen, dass sie fast noch Kinder sind. Trotzdem tragen einige von ihnen offensichtlich push-up BHs und machen schon mal ein paar Blusenknöpfe mehr auf, oder probieren Miniröcke und High Heels aus.

Vielleicht auch, weil Britney Spears mit einem Videoclip, in dem sie als offenherziges Schulmädchen ziemlich lasziv stöhnt, Karriere gemacht hat?

In den Pornoclips im Internet reden diese jungen Mädchen nicht viel, sie stöhnen nur, und sie stöhnen manchmal ganz offensichtlich verängstigt.

Immer wieder möchte ich meiner Nachbarin Silvia, der Mutter von zwei ziemlich hübschen Mädchen, verklickern, dass sie Monika, der älteren, diese erotischen Signale besser erklären soll. Monika geht mit Vorliebe bauchfrei und zeigt ziemlich viel von ihrer beachtlichen Oberweite.

Aber wie kann man die Sprachlosigkeit zwischen Männern und Frauen zum Thema Pornographie durchbrechen, wenn schon Männer, eindeutig die „Experten" auf dem Gebiet, sie fast nie durchbrechen?

„Du, da draußen rennen eine Menge Männer mit dem Porno-Blick auf deine Töchter herum" kann man schwer zu einer Mutter sagen. „Diese Männer ziehen sich täglich so viele Filmchen mit „horny babysitters" und „teen hitchhikers" rein, dass sie deinen Töchtern vielleicht einmal abends bis zur Haustüre folgen." ebenso wenig.

Denn dann stünde ja die Gegenfrage im Raum „Und woher weißt DU, dass es solche Filme im Internet gibt?" Ziemlich peinlich.

Auf perfide Weise befriedigen die Filme in der „barely legal" Kategorie den Minderwertigkeitskomplex mancher Männer doppelt: die Mädchen sind nicht nur die passiven Wesen, die man penetrieren kann, wie man will – so lautet ja das Drehbuch für neunundneunzig Prozent aller Pornos - sondern auch noch tatsächlich jünger und damit unerfahrener und schwächer, also doppelt unterlegen.

Bernhard und ich erörtern manchmal, ob wir uns für erfolgreiche Männer halten. Aber das ist nicht immer gleich. Meist sind wir zufrieden mit unseren Angestelltenjobs im öffentlichen Dienst, manchmal juckt es uns nach dem Ausstieg und einem sorgenfreien Leben durch „Reichtum", aber wiederum nur, um unseren kreativen Hobbies zu frönen.

„Da geht es doch auch um Frauenhass" habe ich dann schon mal in die Diskussion geworfen. „ganz unabhängig vom beruflichen Erfolg oder Misserfolg." Und erzähle von meiner Scheidung, die doch auch von Hilflosigkeit und Wut geprägt war. „Aber um so etwas aufzuarbeiten gehen wir ja zum Psychotherapeuten" relativiere ich dann, um ihn und mich selbst zu beschwichtigen.

„Und ich steh nicht auf junge Mädchen, das weißt du", bekräftige ich. Und Bernhard weiß das.

„Aber Soziologiestudentinnen ...." meint er kurz darauf genüsslich. „Wenn ich beispielsweise Professor wäre, und eine verträumte Rothaarige würde darum betteln, doch noch das eine Zeugnis zu bekommen, das ihr fürs Stipendium fehlt ...." – „Dann würdest du ihr vielleicht einen Termin nach Dienstschluss einräumen und andeuten, dass sich da vielleicht noch was machen lässt ..."

PERFECT MODELS

Am nächsten Nachmittag treffe ich Andrea. Sie ist noch immer hübsch, aber nicht mehr so strahlend schön wie vor zehn Jahren, als wir eine Romanze hatten. „Ich kann mich noch genau erinnern, was ich mir gedacht habe als ich dich damals zum ersten Mal gesehen habe" sagt sie. „Der ist sicher arrogant."

„Warum arrogant?" frage ich.

„Weil du gut ausgesehen hast. Man wird einfach für arrogant gehalten, bloß weil man gut aussieht – das kenne ich doch auch von mir selbst."

Später in der U-Bahn merke ich, dass sie Recht hat. Der hübsche Managertyp mit dem tadellosen Nadelstreif und der fein abgestimmten Seidenkrawatte ist mir auf Anhieb unsympathisch. Was auch daran liegen könnte, dass er vermutlich erfolgreicher ist als ich.

Aber auch der dunkelhaarige Beau, der später einsteigt, mit Dreitagesbart und einem spitzbübischen Lächeln erweckt meine Abneigung: Auch weil die junge Frau neben ihm so ähnlich aussieht wie Sylvia Saint, meine liebste Pornodarstellerin (aber unlängst habe ich Vicky Vette entdeckt – und die kommt ihr ziemlich nahe. Vette spricht man ja wie *wet* aus – ich denke das ist der Sinn dieses Künstlernamens).

Und ich verstehe, warum so viele Leute Paris Hilton und Tokio Hotel hassen: Menschen, deren einziges Verbrechen darin besteht, hübsch und berühmt zu sein.

Drei Ubahnstationen sind noch Zeit für eine schnelle Porno-Phantasie mit dem Balkan-Beau und seiner Sylvia Saint: Blasen, Ficken – vielleicht von hinten auf dem WC eines Cafés – „weil wir so frisch verliebt waren" könnte sie später kichernd ihren Freundinnen erzählen – wieder blasen und ins Gesicht ejakulieren.

Perfekte Frauenkörper werden uns Männern täglich unter die Nase gehalten: auf Plakaten und vor allem auf den Titelbildern von TV-Zeitungen – als ob nur Frauen auf den Bildschirmen zu sehen wären: keine Krimis mehr, kein Fußball, keine Politik, keine Tiersendungen ... Man könnte diese TV-Magazin-Titelblätter durchaus als sexistisch bezeichnen.

Aber dann doch: auch im Fernsehen eine Inflation von perfekten Frauen, importiert gemeinsam mit den amerikanischen Soaps in denen sie mitspielen, Soaps aus dem Land mit der größten Pornoindustrie. Und zwischendurch noch ein paar Folgen von Baywatch, meiner Lieblings-Wichsvorlage aus der Zeit, in der es noch kein Internet gab.

Vielleicht gucke ich Pornos, weil uns die Werbeindustrie aufgeilt, ohne uns am Schluss die nackten Tatsachen zu zeigen und „die Story zum erleichternden Ende" zu bringen. Oder die Werbemänner haben selbst zu viele Pornos geguckt, und peitschen ihre Sex-Phantasien mit intellektuellen Interpretationen bei ihren Auftraggebern durch.

Offen bleibt dabei, wie ehrlich in deren Chefetagen (Chefinnenetagen??) kommuniziert wird. „Sie hat ja auch ein tolles Gebläse" – ist das ein Satz, den „der Kreative" sagt, wenn er die ersten Aufnahmen von der Frau mit dem neuen „Eislutscher" (wie man in Österreich sagt) herzeigt?

Oder herrscht unter den Herren in den schwarzen Hemden und Anzügen eine sexuelle Sprachlosigkeit und nur ein süffisantes Grinsen bei der Anmerkung „das Ganze hat ja auch eine erotische Komponente".

Was ja nicht einmal falsch ist: denn wie soll man das neue Eis in Szene setzen, wenn nicht neben einem Mund. Genauso wie man Unterwäsche nicht anders präsentieren kann als auf nackter Haut.

Klarere Worte sind vermutlich in jenem Heizungs-Fachbetrieb gesprochen wollen, der die „damit dir richtig heiß wird" Plakate in Auftrag gegeben wird. „A fesche Katz´ zieht immer" könnte der Chef gesagt haben, der vielleicht sogar im Arbeitsoverall ab und zu durch die Produktionshalle geht. „Es müssen ja kane Hot-

Pants sein. Zeigt´s es in an Bademantel – mit an schönen Dekolletee!".

Und damit hat er die Sache noch „unschuldiger" formuliert als vielleicht sein Sohn, der mit seinen Schulkollegen kichernd einen „Gangbang" mit dem Model – die die Familie beim Fotoshooting kennenlernen konnte – andenkt.

OFFICE SEX

Am nächsten Morgen dann wieder eine dieser langweiligen Besprechungen. Ich hoffe dass Martina dabei ist, die zwanzigjährige Sekretärin des Abteilungsleiters, die immer wieder das Protokoll mitschreibt. Sie hat einen sinnlichen Mund und einen knackigen Hintern und ist für eine Porno-Phantasie zwischendurch eine ideale Hauptdarstellerin.

„Soll das jetzt auch ins Protokoll?", fragt sie manchmal zwischendurch und legt dabei ihren Kugelschreiber auf ihre Lippen – so muss es sein.

Vielleicht ist Pornokonsum vor allem eine Sache für uns gelangweilte Büromänner. Unsere Körper zwängen sich morgens und nachmittags in überfüllte Ubahnen und sind dazwischen an einen Bürosessel gefesselt.

Weil wir unsere Hüften nicht mehr bewegen dürfen, phantasieren wir das vor-und-zurück, das rein-und-raus ab und zu hinein in unseren Büroalltag. Warum nicht mit der Sekretärin? Das ist doch keine Sünde.

Zwischendurch dann vielleicht sogar ein kurzer Gang aufs WC um ein paar Momente Glückseligkeit mit meinem besten Stück zu erleben. Um tief durchzuatmen – denn das Seufzen haben wir Männer uns ebenfalls verboten. Der Satz „Ich fick dich richtig durch, Martina" ist mir schon einmal leise entfahren – kurz „danach" blickte ich verschämt zur Decke: manche Firmen installieren ja angeblich überall Überwachungskameras.

Wir halten uns aufrecht, in unseren Bürozellen, speziell wenn Abteilungsleiter oder sogar der Chef vorbeigehen oder sogar hereinkommen. Und wenn wir doch des öfteren krumm dasitzen, wird uns Rückengymnastik angeboten – oder zumindest ein Plakat über „gute Entspannungsübungen zwischendurch" in der Betriebsküche aufgehängt.

Ich entspanne mich lieber anders denke ich übermütig, als ich am Weg von der Toilette zurück zu meinem Schreibtisch noch in der Küche vorbeisehe, um mir einen Kaffee zu holen.

Zu spät bemerke ich, dass a) drei Kolleginnen rauchend in der Küche sitzen und b) kein Kaffee mehr in der Kanne ist.

„Mach uns doch auch noch einen" meint Helga – „Jaa bitte!" stimmt Michaela ein.

Ich muss also mit dem Rücken zu den Kolleginnen einen neuen Kaffefilter in die Maschine legen und Kaffee einfüllen. „Eine hübsche Hose hat er heute an, unser Peter" meint Helga – die drei Frauen starren mir also offensichtlich gerade auf meinen Arsch. „Und einen guten Kaffee macht er auch immer!" die

Kolleginnen wissen also meine Qualitäten zu schätzen.

Das sind die wenigen Momente, wo ich eine Idee davon bekomme, wie sich Frauen fühlen, wenn sie von Männern offensichtlich angestarrt werden. Und ich möchte nicht Martina sein, wenn sie Kaffee macht – von sechs Männeraugen von hinten beobachtet.

Falls Georg, mein Abteilungsleiter auch Pornos guckt – und ich bin mir sicher, dass er es tut, denn er ist seit Jahren Single - hat er wohl auch diese „Office Sex" Phantasien: Die neue Kollegin, die in der Probezeit schon wieder diesen einen Fehler gemacht hat und die „mann" jetzt rauswerfen könnte.

„Aber ich brauche diesen Job so dringend" (But I need this job so badly) sagt sie dann, geht mit ihren Stilettos und in ihrem engen knielangen Rock langsam um den Schreibtisch herum und kniet sich vor den „Boss", um ihm die Hose aufzumachen.

In der Pornowelt sind wir Männer noch die Bosse, und ich bin mir fast sicher, dass das einen Teil ihres Reizes ausmacht: Frauen die bitten und betteln: dass sie endlich ordentlich gefickt werden, egal in welche Körperöffnung. Oder, dass sie etwas mit Sex wieder gut machen können: den Fehler im Büro, den Strafzettel (mit dem Herrn Inspektor), für den sie kein Geld mehr haben.

Obwohl ich keine leitende Stelle in dieser langweiligen Firma anstrebe, sondern – ganz im Gegenteil – mit einem anspruchslosen Leben als Bohemien liebäugle, fasziniert auch mich diese „Boss-Phantasie" immer wieder.

Vielleicht liegt es daran, dass in unserer männlichen Orientierungslosigkeit Erfolg noch immer eine Säule ist, mit der wir anderen Männern unsere Männlichkeit beweisen könnten.

Und auch, wenn ich meine akademisch durchargumentierte Bescheidenheit so gelassen vor mich hertrage werde ich innerlich klein, wenn Georg mich in sein Zimmer ruft, oder wenn ich beim Maturatreffen mit Simon plaudere, der „es geschafft hat" bis zum CEO einer internationalen Wirtschaftsprüfungskanzlei.

Da tut es gut, sich Martina kniend vor mir vorzustellen, mit fragendem Blick, während sie lutscht, ob sie es denn richtig mache (oder ob ich schon abspritzen will).

Eine Kollegin aus der Gleichstellungsabteilung hat mir einmal zugeraunt, dass die Herren der „alten Schule", die in unseren Führungsetagen noch sitzen, sich bei den Bewerbertagen kein Blatt vor den Mund nehmen:

„Die Blonde gehört schon mir" wird da lauthals gelacht, nachdem die Bewerberinnen sich einem Hearing und manchmal sogar einen „Assessment Center" unterzogen haben. „Dafür bekommst du die Rothaarige, haha!"

Aber was heißt hier alte Schule. Wir jüngeren, gebildeteren Männer denken vielleicht genau das gleiche - aber sprechen es nicht mehr aus. Selbst wenn wir die Gleichstellungstrategie unserer Firma richtig finden und uns mit Gender Mainstreaming befasst haben, hätten wir gerne das „junge Ding" in unserer Abteilung, das kein Problem damit hat, ihre schönen Beine täglich durch kurze Röcke zu zeigen.

Traurig wäre natürlich, wenn die 48jährige Frau Schuster, die sich ebenfalls beworben hat, aber ein wenig übergewichtig ist und eine starke Brille trägt, aus den genannten Gründen nicht in der Abteilung landen würde: denn sie kann nicht nur die neue Rechtschreibung, Word und Excel aus dem FF, sondern auch Powerpoint – und ist am Telefon die Kundenorientierung in Person.

Ob wir Männer uns dann nicht vertrottelt vorkommen, wenn das „junge Ding" sich dreimal am Tag etwas schon wieder erklären lassen muss, während Frau Schuster uns so manche längere Mittagspause ermöglicht hätte, weil sie den Laden schmeißt?

Vermutlich nicht. Denn wir hätten beim Erklären ja eine schöne Aussicht: auf die High Heels und die neuen Strümpfe mit einer besonders schönen Naht.

So blöd sind wir.

BANGING

In der Mittagspause treffe ich Roland, unseren Marathonläufer. Ich bin mir sicher er guckt keine Pornos (und er wichst fast nicht), denn er ist Sportler.

„Und, Roland, wo ist der nächste Marathon?", frage ich ihn. „Stockholm, wenn ich bis dahin meine Gelenksentzündung wegbringe".

Roland scheint es richtig zu machen. Seine Haut ist rosig und er ist fast immer gut drauf. Zu Hause hat er zwei süße Kinder und eine Frau, die ebenfalls läuft (was zweifellos besser klingt als „ebenfalls säuft" – kleiner Sidestep, Entschuldigung).

„Der schwitzt es raus" hat Bernhard einmal süffisant gesagt. „Denn Sex hat man ja in der Phase in der die Kinder noch ganz klein sind bekanntlicherweise fast keinen." Bernhard hat zwar selbst keine Kinder, aber eine Schwester mit zwei kleinen Kindern – und eine gute Gesprächsbasis mit seinem Schwager.

Ich selbst als „unsportlicher" Mann komme fast nie ins Schwitzen. Keine Endorphine also – kein Glücksgefühl, wie uns hunderte Lebenshilfe-Ratgeber im Psycho-Regal des nächsten Buchladens erklären.

Deshalb vermutlich meine Phantasien von heftigem Sex, von „Banging".

„Obwohl das rein und raus ja biologisch gesehen notwendig ist" habe ich einmal mit Bernhard erörtert. „Der Penis muss sich ja reiben, damit dann der Orgasmus eintritt ..."

Hat nicht auch Alice Schwarzer – die ich übrigens sehr schätze – ihre Ansicht über das Patriarchalische an der Penetration der Frau relativiert?

„Glaub mir, auch die Frauen wollen es oft wild" referiert dann Bernhard. Und ich erinnere mich an Sonja, die ein paar Mal „fick mich" gerufen hatte, als wir es trieben. Ich war damals ganz perplex, habe sie dann aber nicht gefragt, ob sie das aus eigenem Antrieb gesagt hat oder weil einer ihrer Verflossenen sich das immer gewünscht hat. (Ich will am liebsten überhaupt keine Geschichten von „Ex-Lovern" hören).

Erschrocken stelle ich fest, dass die langsame Zärtlichkeit aus meinen Phantasien fast völlig verschwunden ist. Da tauchen keine Bilder von Massagen bei Kerzenschein mehr auf, kein eng umschlungener Tanz zu langsamer Countrymusik, in dem Wissen, dass ES heute auf jeden Fall noch passiert, egal wie lange man sich Zeit lässt. Da gibt es nicht mehr dieses Innehalten, um die Lust des anderen noch ein wenig drängender werden zu lassen, da gibt es fast nur mehr das „Durchficken" in verschiedenen Stellungen.

In diesem „Banging" verschmilzt nicht nur die sexuelle Lust, sondern auch die Sehnsucht nach Hemmungslosigkeit, für die wir Stadtmänner keine Reservate mehr finden. Die Jüngeren gehen vielleicht noch auf einen Techno-Rave, auf denen sie sich vergessen und einem Rhythmus hingeben – und selbst von denen schaffen das viele nur unter dem Einfluss kleiner bunter Pillen.

Andere Männer, die ich manchmal belächle, schwirren in der abendlichen Esoterik-Szene herum auf „Biodanzas", wo man in Socken und zu Ethno-Rhythmen den Körper schütteln darf, wie es einem gefällt – auf der Suche nach dem Eins-Sein mit dem Rhythmus, dem „höheren Selbst" (bzw. dem „inneren Kind"), dem Kosmos oder was weiß ich ...

Ich gestehe mir dieses Schütteln eigentlich nicht mehr zu, ich habe es mir offensichtlich verboten – oder verbieten lassen. Nein, ich sage nicht „in der Kindheit", denn wenn ich wollte, könnte ich mir durchaus eine Psychotherapie für die Aufarbeitung kindlicher Rollenvorgaben leisten (und vielleicht mach ich das auch noch).

Nur manchmal, wenn einer dieser Songs im Radio läuft, die mir schon als Jugendlicher in die Beine gefahren sind, tanze ich zu Hause und kreise wild mit meinen Hüften. „Shake a Little for me Baby" von Bonnie Raitt lege ich mir dann manchmal auf, ein Song bei dem es mir noch immer jedes Mal kalt den Rücken hinunter läuft.

Erschrocken ziehe ich dann manchmal den Vorhang zu, wenn es draußen schon dunkel und in meiner Wohnung hell erleuchtet ist. *So* soll mich möglichst niemand sehen: in der Unterhose - bauchtanzend. „Was für ein seltsamer Kerl" könnten die Nachbarn gegenüber kichern, während sie mit dem Finger hinüber zu mir deuten. Ein tanzender Mann in der Unterhose ist offensichtlich auch nicht durch den Kabarettisten und Schauspieler Alfred Dorfer in dem österreichischen Film „Freispiel" salonfähig geworden – wo er genau das tut.

Damals in der Studentenzeit gab es einen Kollegen, der in einer studentischen „Männergruppe" davon erzählte, dass er sich gerne bei Opernmusik, Kerzenschein und vor einem Spiegel selbst befriedigte. Dass er uns später auch gestand, homosexuell zu sein, finde ich im Nachhinein weniger relevant als die Frage: warum reichen bei mir zehn Minuten, fünfzehn kurze Videoclips mit „Blasen, Ficken und Abspritzen" und eine aufpeitschende Backgroundmusik?

Pornos sind vielleicht dieses letzte Reservat der Hemmungslosigkeit für jene Männer, die ihre Männlichkeit über das Beherrschtsein definieren.

Einige Anbieter von „Männerseminaren" haben das erkannt, und integrieren Tänze um ein abendliches Feuer – je nach Jahreszeit durchaus auch nackt oder halbnackt – in ihren Seminarablauf. Fraglich bleibt dabei nur, ob mann es schafft, diese Ausgelassenheit durch ein Instant-Psychoseminar in sein Leben zu integrieren, oder ob die Fesseln um den Bürosessel (und die Fesseln im Kopf) nicht gleich wieder festgezurrt sind, sobald man von diesen Seminaren nach Hause fährt.

FACE FUCKED

„Redet Sandra noch immer so viel?" frage ich anderntags Josef, der gerade seine Scheidung überstanden hat. Wir waren in der Schulzeit gute Freunde, haben uns dann aber aus den Augen verloren. Auf seine Initiative hin gehen wir wieder einmal auf ein Bier.

Ich kannte seine Exfrau ganz gut. Wir waren damals auch nach der Matura noch in derselben Clique gemeinsam unterwegs. Ingeborg hatte permanent den Mund offen – was sie für manche von uns auch attraktiv machte, weil sie mit ihren Späßen auch so viel Lebensfreude versprühte.

„Ja, sie redet noch immer viel." antwortet Josef. „Aber das muss ich mir ja jetzt nicht mehr alles anhören. Was wir nächtelang diskutiert haben ... Furchtbar war das manchmal."

„Tja, da sind wir Männer unter Zugzwang, seit es die Partnerschafts-Ratgeber gibt, in denen es heißt: Reden, reden, reden ... bis die Probleme gelöst sind."

„Das stimmt ja auch." meint Josef „Die Frage ist nur, ob ein Mann dann Stopp sagen darf – sagen wir: nach drei Stunden ... sagen wir: um halb zwölf Uhr abends ...?"

„Sie wollte nach drei Stunden noch weiterdiskutieren?" frage ich ungläubig. „Ja.

leider" antwortet er. „Und dann hatte sie ja immer die Phalanx ihrer Freundinnen, die sie bekräftigten, indem sie über mich sagten: ´er muss sich diesem Problem stellen´- ´er kann vor dieser Frage nicht dauernd davon laufen´... Ich HABE mich diesem Problem gestellt. Wir waren dann ja noch in einer Paartherapie."

Ich bewundere Josefs Offenheit – in der Schule war er immer ein ganz Ruhiger – jetzt ist er schließlich Sozialarbeiter geworden. „Da muss man sich ja auch durchtherapieren lassen in der Ausbildung, nicht?" frage ich zwischendurch.

„Nicht so richtig" lacht er. „Wir sind ja keine Psychotherapeuten."

Zu Hause drehe ich vor dem Schlafengehen drehe ich noch einmal den Bildschirm auf und lande beiläufig in der Rubrik „Face fucked", bei der Frauen der Penis in den Mund gestoßen wird, manchmal „bis zum Anschlag", was ganz offensichtlich bei manchen dieser Frauen einen Brechreiz hervorruft.

Vielleicht ist diese Inszenierung, Frauen „den Mund zu stopfen" eine männliche Rachephantasie aus deren subjektiven kommunikativen Unterlegenheit, sinniere ich noch müde. Ich fahre den Computer herunter - mir ist die Lust beim Anblick dieser Clips für heute vergangen.

Kann ein Mann heute in irgendeiner angemessenen Form „Stopp" sagen, wenn seine Frau zu viel redet, ohne dass ihm emotionale

Kälte oder mangelnde Empathie vorgeworfen wird? Wie kann er sich distanzieren, wie kann er einen ruhigen Platz in einer Wohnung finden, die er mit einer Frau teilt, die „immer" über „alles" reden will.

„Bitte Schatz, ich habe jetzt keine Aufmerksamkeit, reden wir später darüber", wäre wohl ein akzeptabler Satz, aber welcher Mann lernt es, sich so auszudrücken. „Lass mich in Ruhe" ist sicher kürzer und deutlicher, vor allem dann, wenn nicht nur ein Vorwurf im Raum steht, sondern gleich eine ganze Liste.

Modernere Männer haben die „Mars und Venus" Bücher gelesen und gelernt, dass man Frauen oft einfach nur zuhören sollte, um eine partnerschaftliche Harmonie herzustellen. Aber wie groß ist dieser Anteil der „modernen Männer"?

Moderne Frauen haben nicht nur die „Mars und Venus" Bücher gelesen, sondern lesen auch monatlich die Partnerschafts-Rubriken in den Frauenzeitschriften, kaufen sich andere Ratgeber und diskutieren mit ihren Freundinnen stundenlang über Psychologie. Manche von ihnen wechseln sogar in beratende Berufe und eignen sich das professionelle Handwerkszeug zur Lösung von seelischen Problemen an – andere glauben, „irgendwie" doch auch schon eine kompetente Beraterin zu sein, weil sie dreißig psychologische Ratgeber im Bücherregal stehen haben (in denen sie auch immer wieder nachlesen), kompetent genug jedenfalls, um ihrem Mann mangelnde Bereitschaft beim intensiven Besprechen von Problemen vorzuwerfen.

Die ruhigen, schüchternen Männer, die es nicht gelernt haben, differenziert über ihre Bedürfnisse zu sprechen – und die nicht immer eine Runde ums Haus gehen wollen, wenn sie eine Pause von stundenlangen Problemerörterungen haben wollen, finden in den „face fucked" Videos vielleicht die ausgelebte Phantasie, wie man „den Frauen" den Mund stopfen sollte, weil „Ich will jetzt für eine Stunde meine Ruhe" gesellschaftlich nicht mehr akzeptabel ist.

Die Frage bleibt, ob es in deren gemeinsamen Wohnungen ein Zimmer gibt, in denen sie sich diese Clips ungestört ansehen können. Aber kann man Videoclips heutzutage nicht auch schon auf Handys kopieren und auf der Toilette ansehen?

Möglicherweise gab es das Wort „Geschlechterkampf" (aus Männersicht) gar nicht, bevor es Pornos gab. Vielleicht gab es nur einzelne unzufriedene Männer, die sich über „den Feminismus" und „die Emanzen" äußerten.

Wahrscheinlich haben Pornos diese Diskussion munitioniert mit konkreten Bildern, wie man „es Frauen heimzahlt", wenn einem die Argumente ausgehen – weil *mann* gar nicht bereit ist, sich länger mit Geschlechterfragen – und vor allem: mit sich selbst und seiner ganz individuellen Biographie – auseinanderzusetzen.

„Ich habe bei Sebastian Pornos auf dem PC entdeckt" erzählt eine Bürokollegin dann morgens einmal in der Gemeinschaftsküche von ihren vierzehnjährigen Sohn. „Das ist doch ganz normal" antwortet eine zweite. „Die Kids schauen sich das alles an, da kann man gar nichts dagegen machen".

„Gibt´s da nicht Internet-Filtersperren?" wendet Paul, unser EDV Administrator ein. „So eine Art Kindersicherung meinst du?" fragt die Kollegin nach. „Genau. Werde das mal recherchieren." antwortet Paul.

„Paul, darfst du überhaupt das Wort Porno im Bürocomputer in die Suchmaschine eintippen?" schmunzelt die zweite Kollegin. „Er macht das sicher zu Hause ..." lacht die andere.

Ich denke darüber nach, ob auch Simon, mein siebzehnjähriger Neffe, Pornos auf der Festplatte hat. Versteckt im Verzeichnis „mathe/formeln/" vielleicht? Ich würde sie jedenfalls dort verstecken (und als „unsichtbar" markieren), denn dort suchen die Eltern sicher nicht.

Simon „darf" ja nicht nach dem Thema Mädchen befragt werden, meint jedenfalls meine Schwägerin. Ich lege es aber dennoch immer wieder auf einen Streit an und frage ihn mit einer gewissen Regelmäßigkeit bei den familiären Sonntagsjausen bei meinen Eltern frech: „Und, Simon, was ist mit Mädchen?" (auch meinen Vater interessiert das – er grinst bei dieser Frage immer).

„Derzeit nicht aktuell" sagt Simon, bevor meine Schwägerin ihr Schutz-Plädoyer beginnt: „Du sollst ihn das nicht fragen, das habe ich bereits so oft gesagt ..." Aber auch mein Bruder schmunzelt dabei bereits.

„Ich war in dem Alter ganz wild nach Mädchen" werfe ich dann manchmal ein. „Das wissen wir" versucht mein Bruder dann immer gleich, dieses Thema zu beenden.

Was keiner hier erörtert ist, ob Jungs in Simons Alter nicht doch „alle" Pornos gucken. Wenn ich mich erinnere, dass ich als Vierzehnjähriger eine Zeit lang leidenschaftlich die „Seite 3 Mädchen" der Kronen Zeitung gesammelt habe (die mittlerweile auf der Seite Sieben gelandet sind – Gott weiß warum), so bin ich mir fast sicher, dass Lukas Pornos ansieht.

Die Jugendlichen – und Kinder - in Wien (und in ganz Österreich, dem Heimatland der Kronen Zeitung) haben es übrigens nicht mehr nötig, extra eine „Krone" zu kaufen, um eine halbnackte Frau zu sehen, sie können sich jederzeit ein Exemplar der kostenlosen U-Bahnzeitung „Heute" in ihre Schultasche stecken, die einen Abklatsch der Kronenzeitung darstellt, weil sie aus derselben Medienfamilie kommt –

und natürlich auch mit halbnackten Mädchen dienen kann: dort wieder auf Seite drei – was für ein traditionsbewusstes Medienhaus! Wäre ich dreißig Jahre später zur Welt gekommen, wäre mir also so manche peinliche Situation beim Altpapier durchstöbern erspart geblieben.

Aber zurück zum Internet: was macht es mit einem Jungen, der möglicherweise noch nie ein Mädchen geküsst hat, wenn er „das Ficken" in allen Stellungen bereits ausführlich ansehen konnte. Ohne Zärtlichkeit und fast ausnahmslos ohne einen Hinweis, wie eine Frau durch klitorale Stimulierung zum Orgasmus gebracht werden kann.

Vergleicht Simon seine Klassenkameradinnen mit Pornostarlets? Sind ihm die „Titten" von Klara, dem hübschen Mädchen zwei Reihen vor ihm, das sich offensichtlich in ihn verguckt hat, zu klein im Vergleich mit jenen, die er im Internet dauernd ansehen kann?

Macht er sich, weil er vielleicht schon eine Menge „Riesenschwänze" gesehen hat Sorgen, ob sein Penis groß und steif genug sein wird? (Diese Frage stellte ich mir damals nicht – ich sah ja nur die „Titten" der „Seite 3 Mädchen", keine Penisse).

Ganz selten bekam ich als Jugendlicher ein „amerikanisches Penthouse" in die Hände, wenn ich das Altpapier durchwühlte. Dort konnte man Schamlippen sehen – und ab und zu ein nacktes Paar – aber ohne Penetration.

Ab und zu tauchen dann die Hinweise auf den Pornokonsum der Jugendlichen in den Ratgeberforen für Jugendliche auf: „Warum will mir mein Freund ins Gesicht spritzen" fragt da ein fünfzehnjähriges Mädchen, oder „Was ist ein Gangbang? Zwei Schulkollegen haben mich gefragt, ob wir das einmal ausprobieren könnten."

Dann beneide ich diese Jungengeneration nicht. Sie müssen nichts mehr entdecken, sie haben bereits alles gesehen. Und sie müssen unter gehörigem Druck stehen, „angemessen" zu „performen", wenn es dann einmal zur Intimität kommt.

Sogar die Phantasie der „älteren Liebeslehrerin" die einen in die Kunst des Sex einweiht ist fein säuberlich als Porno Rubrik katalogisiert: „Mother I´d like to fuck" – kurz MILF ist die Bezeichnung für die reiferen Frauen, die Jugendlichen das letzte aus ihren schwellenden Penissen herausholen.

Diese Szenerien bedienen vermutlich nicht nur die Phantasien der Teens und Twens, sondern auch der älteren Semester (wie mich), die sich ab und zu „gelangweilte Hausfrauen" vorstellen, die sich nach einem harten Schwanz verzehren, der sie „endlich einmal rannimmt".

DURCHFICKEN

In der Pornolandschaft herrscht verbale Aufrüstung. Obwohl es für deutschsprachige Männer wie mich in der englischdominierten Branche schwieriger wird, alles zu verstehen.

Wann habe ich eigentlich das Wort „durchficken" zum ersten Mal gehört, überlege ich: Ich, der ich katholischerweise lange Zeit abgeschirmt war von „dem Reden über Sex" (denn erotische Bilder hatte ich ja bereits durch die Kronenzeitung entdeckt)?

Ob es nicht sogar eine Frau war, Andrea, die dieses Wort in der direkten Konversation einmal aussprach, bei unserem Urlaub in Griechenland, als sie verächtlich über „dumme Gänse, die sich von den Animateuren durchficken lassen" ...sprach? Der süße Wein war uns damals vermutlich schon zu Kopf gestiegen, denn Andrea sagte solche Worte sonst normalerweise nicht.

Jedenfalls kann „durchgefickt" durchaus in die Nähe des Wortes „durchbohrt" gebracht werden, genauso frage ich mich, wie denn ein Halbsatz enden könnte, der mit den Worten „durchgefickt, bis ..." beginnt?

„.. . bis du genug hast", wäre die Antwort auf eine befürchtete „Unersättlichkeit" der Frau. Gab es solche Theorien nicht in den Anfangsjahren der Psychoanalyse?

Ich frage mich, ob ich eine Frau kenne, die „unersättlich" ist – mir fällt keine ein. Aber natürlich habe ich Verliebtheitsphasen erlebt, in denen man es phasenweise öfter als einmal am Tag trieb – beschwert habe ich mich damals sicher nicht, dass sie so oft wollte.

Vielleicht ist diese Unersättlichkeit nur eine der vielen männlichen Lieblingsphantasien über Frauen, die mit der Wirklichkeit nichts zu tun haben? Geht es um die vielbeschworene multiple Orgasmusfähigkeit der Frau – dem der Mann nur Sex mit ausreichenden Ruhephasen begegnen könnte:

„... durchgefickt bis du nicht mehr kannst" wäre dann die passende Satzendung – für einen Mann der „nur einmal kann".

Dabei fällt mir auch ein Literaturzitat aus den Büchern zur Genderforschung ein, die ich seit der Studienzeit gerne lese:

„Männlichkeit definiert sich immer wieder als größtmögliche Distanz von der Weiblichkeit", lautet eine von mehreren Theorien. Bezug genommen wird dabei auf Gesellschaften, in denen Väter so wenig für heranwachsende Jungs verfügbar sind, dass sie keine positive Vorbildfunktion übernehmen können.

„... durchgefickt, bis ich fertig mit dir bin und endlich wieder weggehen kann." wäre dann die richtige Satzendung eines Mannes, der nur aufgrund seiner aufgestauten Erregung zu dieser Frau gekommen ist.

Und wieder taucht das Wort Frauenhass in mir auf – und es müsste in den Köpfen jedes Pornokonsumenten auftauchen, der noch einen klaren Blick hat: dafür dass vieles von dem, was wir auf unseren Bildschirmen sehen, den Frauen offensichtlich unangenehm ist und wehtut.

Offen bleibt die Frage, wie den Pornodarstellerinnen das „Drehbuch" (das *eine* Drehbuch für alle Pornos?) erklärt wird: „Du weißt schon, ich muss ihn dir jetzt ganz tief in den Rachen schieben" – wird das vorher gesagt – oder wird es einfach gemacht?

Aber auch die männlichen Pornodarsteller dürften am Schluss ziemlich fertig sein, wenn sie eine Frau „durchgefickt" haben – vielleicht haben sie dann das Drehbuch „endlich *durch*", oder die lange anstrengende Gymnastik „endlich *durch*", oder die Phase der intensiven Zurückhaltung des Spermas „endlich *durch*".

Der Satz „Was wir alles durchgemacht haben" .. ist typischerweise die Erzählung von Leiden, was wir alles „durchprobiert haben" die Beschreibung einer verzweifelten Suche.

„Er hat das Programm einfach durchgepeitscht", ist eine Ansage aus einer militärisch geführten Organisation, „da musst du durch" die Aufforderung, Leiden zu ertragen.

„Ich bin durch mit dir" ist ein abschließendes Statement – ein wütendes Statement nach vollzogener Rache: beim endgültigen Abschied.

QUICKIE

Es geht ja schnell. Vielleicht in zehn Minuten ist die kleine Ekstase zwischendurch erledigt. Den Computer hochfahren, die Hose öffnen, sich selbst ein wenig Lust anrubbeln, unter den Lieblingskategorien stöbern ...

Dann ruft Dietmar an, den ich um sechs treffen wollte, um ihm ein neues Virenschutzprogramm installieren zu helfen. "Geht es schon um fünf?" fragt er mich. "Dann könnte ich Karin vom Bahnhof abholen - sie nimmt doch einen früheren Zug".

Ich lasse mich breitschlagen - und das bedeutet eigentlich, dass ich mich beeilen muss. Aber da eine herrlich vollbusige Blondine auf meinem Bildschirm a tergo auf einem Schreibtisch gestoßen wird, will ich meine Zwischendurchbefriedigung nicht einfach abbrechen.

Nach weiteren zwei Minuten ist alles vorbei. Ein Quickie eben. Ich nehme mir nicht viel Zeit für die Mini-Lust: ich quetsche sie halt irgendwo hinein, wie ein gestresster Zahnarzt, der dem Patienten verspricht, ihn noch irgendwo "einzuschieben", weil es denn so dringend ist.

Es ist eine lästige Lust, die ich oft gerne schnell abschütteln würde. Nein falsch: die Lust war ja vorher gar nicht da!

Es ist eine lästige *Angewohnheit*, eine lästige Sucht wahrscheinlich sogar. "Es" einmal am Tag erledigen - oder zumindest jeden zweiten Tag.

Denn ich bin ja ein fleißiger Mann. "Etwas Sinnvolles tun" war die wichtigste Botschaft in meiner Kindheit und Jugend: Klavier üben, raus in die Natur, rüber in die Jugendgruppe der Pfarre. "Du liegst schon wieder im Bett?" - eine harmlose Frage, nachdem unangekündigt die Tür zum Jugendzimmer geöffnet wird.

Wer wird sich denn da übermäßig viel Zeit zum Wichsen nehmen?

Wobei ich keine Ahnung habe, wie viel Zeit sich andere Männer für ihre Sexualität nehmen: für jene zu zweit – und für jene mit sich alleine, um die es ja in diesem Buch geht.

De facto ist Viertel nach Acht wohl ein Fixpunkt in 90 Prozent aller mitteleuropäischen Männerleben: denn da beginnt das Hauptabendprogramm im Fernsehen.

Davor muss man essen, einkaufen, die Post erledigen, die Wäsche waschen oder aufhängen – und Männer mit Familie machen noch viel mehr.

Bewegung sollten wir machen, uns vielleicht sogar weiterbilden, die Eltern besuchen, private Kontakte pflegen.

Irgendwo in unseren Köpfen gibt es ein perfektes Männerleben – oder ein perfekter*es*

Männerleben – und eine innere Uhr, die warnend tickt: Tu doch etwas, damit du es auch erreichst.

Manche, die auf beruflichen Erfolg setzen, machen Überstunden oder gehen in Abendkurse, vielleicht sogar auf eine Abend-Uni, um einen „Master" nachzuholen.

Was danach lockt, ist die bessere Position, der bessere Gehalt, das schönere Auto – auf das dann die schöneren Frauen starren werden (um sich bald darauf darin für einen Quickie zur Verfügung zu stellen).

Vier Jahre Abend-Uni also für Sex mit schöneren Frauen (ich vereinfache hier unzulässiger Weise).

Andere Männer versuchen ihre Körper zu perfektionieren, gehen in Fitnessstudios, bereiten sich Salate so zu, wie in „Men´s Health" empfohlen werden, um den ersehnten Waschbrettbauch vorzeigen zu können, den uns die Surfer-Boys aus Kalifornien schon seit langem präsentieren.

Schade zwar, dass man in Mitteleuropa nur in den heißen Sommermonaten – und auch dann nur an gewissen Locations – den „Sixpack" präsentieren kann – aber der Traum vom perfekten Körper wird durch Lifestyle Magazine hochgehalten.

Insgesamt bleibt also wenig Zeit für Sex.

Schwer ist es auch für Familienväter, die sich vielleicht mehr Sex erhoffen als die übermüdete Mutter ihrer Kinder. Ich schreibe absichtlich „Sex erhoffen" und nicht „mehr Lust auf Sex haben als ihre Frauen" – denn der Alltag mit kleinen Kindern ist so anstrengend, dass die Lust tatsächlich auf der Strecke bleibt – auch bei Männern.

Solche Familienväter bleiben wohl abends vor dem Internet ein wenig länger sitzen – bis alle zu Bett gegangen sind, und hören peinlich genau auf verschlafene Fußtritte im Vorzimmer: denn wie soll man sich in Ruhe selbst befriedigen, wenn es nicht üblich ist, eine Türe in der eigenen Wohnung hinter sich zuzusperren. Man könnte natürlich einen Laptop mit aufs WC nehmen – aber wenn man dann von der Frau ertappt wird besteht *wirklich* Erklärungsbedarf.

Zugute kommt solchen Männern, die vielleicht den Familien-Laptop benützen, auch die Unkenntnis so mancher Frau über die Spuren, die das Surfen und Downloaden auf dem eigenen PC hinterlässt.

Sie verstecken ein paar „mpegs" in einem versteckten Verzeichnis, löschen peinlichst genau die History des Browsers und die letzten Dateien im Windows Startmenü.

Wird das vielleicht einmal dennoch vergessen – und wer wollte das einem übermüdeten Familienvater verübeln – sieht die Frau am nächsten Tag, dass die letzte aufgerufene Datei „sarah-fucked-receiving-facial-cumshot.mpg" lautete. Hoffentlich sieht es nicht eines der Kinder.

Was darauf folgt sind vermutlich nächtelange Gespräche: „Warum siehst du dir so etwas an, Schatz?" – „Das hat nichts mit dir zu tun, also damit, dass ich sexuell unzufrieden bin .." – „Aber findest du das nicht abstoßend?" – „Pornos sind nun mal so gemacht .." – und so weiter und so fort.

Vielleicht folgt sogar eine teure Paartherapie und eine verzweifelte Suche nach einem perfekten Sexualleben – bloß weil ein Mann etwas im Internet angesehen hat, das sich neunzig Prozent der Männer, die einen Internet-Zugang haben ansehen.

Bloß weil ein Familienvater sich einen Quickie an unbeschwertem Genießen in einem nahtlos durchgeplanten Väterleben verschafft hat.

Viel Lärm um nichts.

Als ich morgens beim Bäcker eine Mutter mit ihren Kindern beobachte, die ein Packerl Trink-Kakao mit Strohhalm kauft, fällt mir noch eine kleine Geschichte aus meiner Gymnasialzeit ein:

Auch die meisten meiner Klasse hatten damals die Schulmilch oder den Schulkakao bestellt, und Norbert – damals mein bester Freund – wackelte mit dem Packerl, sodass der Strohhalm – schräg nach oben stehend – leicht hinauf und hinunter pendelte.

Wir grinsten damals beide, weil das die Bewegung war, die wir von unseren Penissen kannten, wenn sie sich pulsierend erhärteten.

Verwundert stelle ich fest, dass ich möglicherweise seit damals meinen Penis nie mehr bei seiner langsamen Erregung beobachtet habe. Vermutlich habe ich – seit ich die Onanie entdeckt habe – fast immer Hand an mich gelegt, um die Erregung zu beschleunigen – oder zu einem Ende zu bringen. Eine Hast, die ich mir jetzt eigentlich nicht schlüssig erklären kann.

Vielleicht ist eine wachsende Erregung in einer Situation, in der ich gerade alleine bin, etwas, das „erledigt" werde muss. Ein längerer Erregungszustand erschiene mir unnatürlich – denn die „Erlösung" wartet ja zwei Klicks weiter auf meinem Schreibtisch.

Das Schöne an der Erinnerung an Norbert und den Schulmilch-Strohhalm ist jedoch, dass wir damals offensichtlich doch bereits eine positive Kommunikationsform über Sexualität gefunden hatten. Möglicherweise waren da auch schon einige Ausgaben des englischen Penthouse im Spiel, die ich im Altpapier gefunden hatte. Darin guckten wir uns nicht nur die nackten Frauen an (im englischen Penthouse sah man bereits Schamlippen – im deutschen war das alles dezenter), wir lasen auch die erotischen Storys und lernten Begriffen wie *cunnilingus*, *prick* und *screwing* kennen.

Ob wir beide auch dadurch gut in Englisch waren, kann ich im Nachhinein nicht beurteilen (bei mir lag es wohl daran, dass ich als Hobby-

Gitarrist fast alle Texte der Beatles und von Simon und Garfunkel auswendig konnte).

SLEEPING

Bei einem Sonntagsspaziergang, dem sich auch Silvia, die Mutter der zwei hübschen Töchter angeschlossen hat, kommt das Thema dann irgendwie auf KO-Tropfen.

„Klingt furchtbar." sage ich. „Wie kannst du denn deine Töchter davor schützen?"

Silvia hat sich anscheinend mit dem Thema bereits ausführlicher auseinander gesetzt. „Ich sage ihnen immer wieder: lass dir keine Drinks von fremden Männern bringen – bestell sie selbst! Besonders aufpassen müssen sie, wenn einem Mädchen in der Clique schlecht wird oder sie sogar ohnmächtig wird. Die darf dann keinesfalls nur von den Burschen nach Hause gebracht werden."

„Auf so etwas muss man seine Kinder heute also schon vorbereiten?" frage ich ungläubig und wir reden noch eine Weile darüber.

Ein paar Tage später entdecke ich in meinem Lieblings-Clip-Verzeichnis die Rubrik „Sleeping" und meine Vermutung, um was es sich dabei handeln könnte, bewahrheitet sich leider:

Genau dort sind Videos zu finden, die offensichtlich mit Mädchen gedreht worden sind, die KO Tropfen eingeflößt bekommen haben: Schlafend liegen sie da und werden bestiegen, oral penetriert und im Gesicht besudelt. Im Hintergrund ist einmal ein pubertäres Lachen zu hören. Mir wird schlecht – vor allem weil ich an Sylvia denken muss.

In welcher Welt leben wir eigentlich? Ist das nicht Nekrophilie? Ist das ein neuer Initiationsritus unter Burschen, die „ihn bisher noch in kein Mädchen hineingesteckt haben" und das jetzt schleunigst nachholen müssen – inklusive Beweisvideo für die Freunde?

„Irgendwie lustig", „irgendwie cool" – „irgendwie schräg" sind die Kommentare einer Generation, die in einsamen Nächten fast alles im Internet ansehen kann und kein Gefühl mehr für Schmerz, Verletzung und Unrecht hat. Kein Wunder, denn den eigenen Fingern, die fast nur mehr über Tastaturen gleiten, wird ja kein Schmerz zugefügt – es ist ja alles nur „virtuell".

„Redet ihr eigentlich in der Clique über solche Themen?" habe ich an anderer Stelle Silvias Töchter gefragt, als sie einmal gelangweilt am gleichen Tisch saßen. „Klar" war die Antwort, die mir Eva, die ältere gab, während sie ein SMS weitertippte.

Ich versuche mir vorzustellen, wo die Mädchen mit Jungs in einer Umgebung sitzen können, in der nicht im Hintergrund eine „coole Musik" läuft, das I-Phone zwischendurch auf Facebook-Updates der „Freunde" gecheckt wird das Piepsen eingehender SMSen sofort überprüft wird.

Ich versuche zu verstehen, warum Computerspiele unter den Jungs so verbreitet sind, in denen kriminelle Handlungen verübt werden, damit man in den „next level" kommt. „Irgendwie cool" wenn das Blut spritzt, denn „das ist doch nur ein Spiel – das wissen wir doch".

Warum diese Jungs, die ja eine Auswahl unter zig anderen Computerspielen hätten, genau jene Spiele stundenlang spielen, in denen sie als Mann andere Menschen umbringen und schlagen können, diese Frage stellt wohl niemand . „Das verstehst du nicht, Mama" ist eine Antwort, die für die Internet-Generation offensichtlich akzeptabel geworden ist.

Und so ist es für die Handy- und Internet-Generation auch akzeptabel geworden, einem Mädchen KO Tropfen zu geben, wenn das gerade die „megacoole Action" ist, die in der Clique vorher noch niemand ausprobiert hat.

ON HER KNEES

Nachdem ich mich wieder einmal über meinen stupiden Abteilungsleiter ärgern muss, dem die Dienstanweisungen offensichtlich wichtiger sind als jede kreative Idee seiner Mitarbeiterinnen und Mitarbeiter, lande ich zuhause in der Pornoclip-Kategorie "on her knees".

Hier werden Blowjobs aus der Sicht des stehenden Mannes auf die vor ihm kniende Frau gefilmt: Eine "Chef" Perspektive, eine "Boss"-Phantasie.

Ich lasse meinem Ärger in einer phantasierten Ejakulation über die kniende Frau freien Lauf.

Wir modernen Männer in den sauberen Angestelltenberufen begehren nicht mehr auf, wenn wir uns ärgern. Wir hauen nicht mehr auf den Tisch und brüllen "Was ist das nur für ein Saftladen hier!".

Wir haben Kommunikations- und Teambuildingseminare hinter uns und wagen höchstens ein "Meiner Meinung nach sollten wir doch..." oder "Ich befürchte, dass andernfalls ...".

Was wir nicht mehr sagen ist: "Eine völlig verblödete und altmodische Strategie", oder "das Ergebnis eines kleinen Beamtenhirnes".

Wir fürchten um unseren Arbeitsplatz. Wir schreiben das Jahr 2010 und die Wirtschaftskrise hat zehntausende andere Männer arbeitslos gemacht. Und offensichtlich sitzen wir noch "im Paradies" einer großen öffentlichen Institution, auf dem wir uns nicht überarbeiten - oder auf dem man zumindest schon mal ein paar Tage krankfeiern kann, wenn es einem wieder einmal reicht.

Obwohl: so schnell würden wir ihn gar nicht verlieren, unseren schwarzen, ergonomischen Schreibtischsessel und den schönen Flachbildschirm. Auch unser Abteilungsleiter kann nicht einfach sagen "Sie sind gefeuert" oder "Lecken Sie mich am Arsch", auch er muss es "CI-konform" formulieren: "Hiermit halten wir in einem Aktenvermerk schriftlich fest, dass Aufgabe C in Zukunft wie in dem Mitarbeitergespräch vom ... vereinbart und richtliniengemäß zu erledigen ist." Unterschrift Abteilungsleiter, Unterschrift Mitarbeiter, ab zum Personalakt.

"Sie fliegen schon nicht raus" sagte mir einmal ein mir wohlgesonnener anderer Abteilungsleiter, dem ich meine Sorgen offenbarte. "Da fließt vorher noch viel Wasser die Donau runter ...".

Dann also lieber manchmal die Phantasie von der vor einem knienden Frau. "Männliche Machtphantasien" lautet wohl ein anderer feministische Erklärungsversuch dafür: und wahrscheinlich stimmt er sogar.

Seltsam nur, dass weder Bernhard noch ich den Traum von einer leitenden Position haben. Wenn schon dann vielleicht Freiberufler, der sich seine Zeit einteilen kann, wie er will - aber die Karriereleiter hinauf ...?

Trotzdem ist das Wort Erfolg allgegenwärtig: im Karriereteil der großen Zeitungen und in der Flut an Coaching- und Lebenshilfebüchern. Wer so oft das Wort Erfolg liest, muss sich fragen: bin ich erfolgreich genug? Damit ist vermutlich der vordringliche Zweck dieser Bücher erfüllt: das nächste Coachingbuch zu kaufen, oder ein teures Coachingseminar zu buchen.

Denn für längere Psychotherapie fehlt uns Männern die Geduld - und allzu oft auch das Geld: Denn dann könnten wir eventuell herausfinden, ob es jemals in unserem Leben lobende Worte gegeben hat, die uns gestärkt haben: "Das hast du wirklich gut gemacht!", oder sogar eine Situation, in der wir beklatscht wurden.

In meiner katholischen Jugend war es naturgemäß nie genug. "Danke für diesen guten Morgen" war die Kernaussage des ewigen Danken Müssens, niemals fordern Dürfens: "Hab ich das nicht gut gemacht?".

Und die Nächstenliebe ist ja naturgemäß ein Fass ohne Boden: es gibt ja so viele Nächste rund um uns herum: wie können wir alle von ihnen ausreichend lieben?

"Wie auch dich selbst" ist jener Nebensatz von "Liebe deinen Nächsten", der immer unter den Teppich gekehrt wurde. Vielleicht auch, weil in den schwarzen Büchlein der Geistlichen keine

Erklärungsmuster dafür abgedruckt waren, aus denen sich eine Sonntagspredigt zu diesem Thema zusammenbasteln ließe.

"Wie auch dich selbst" hole ich also jetzt immer wieder mit heruntergelassener Hose nach, und schmunzle manchmal zwischendurch im Gedanken an die bedrohlichen Sätze aus dem Beichtspiegel damals:

"Hast du Unsittlichkeit getrieben? In Gedanken, Worten und Werken?" Und erklärend: "Hast du dich unsittlich berührt?". "Wichsen verboten" wäre eine kompaktere Erklärung gewesen.

Die kniende blasende Frau aus der "on her knees" Rubrik passt in diese katholische Lebensphilosophie doch auch wieder sehr gut hinein: denn sind nicht gerade dienende Frauen immer hochwillkommen in der Kirche gewesen?

BEAUTY

Irgendwie seltsam, dass unter den Porno-Rubriken auch das Wort „Beauty" auftaucht, das einfach übersetzt Schönheit bedeutet. Natürlich ist hier damit nicht die künstlerische, sondern die weibliche Schönheit gemeint.

Und wenn ich an meine vollgestopfte Junggesellenwohnung denke, und an meinen Schreibtisch auf dem ich manchmal die Computermaus nicht recht herum schieben kann vor lauter Zettelwerk, frage ich mich, ob ich Pornos nicht auch als Fenster zu einer Schönheit benutze, die ich in meinem Alltag nicht herstelle.

Es gibt Wohnungen wie aus Wohnzeitschriften – und es gibt versiffte Studentenbuden, bei denen Pizzastücke vom letzten Abend wahrscheinlich noch ein paar Tage liegen bleiben werden.

Wenn ich mir vorstelle, dass gerade „Computerfreaks" vermutlich gerne Pornos schauen, die diese Pizzastücke vielleicht gleich neben dem Bildschirm aufgetürmt haben, dann verfestigt sich diese Theorie.

„Schon lange keinen Damenbesuch mehr gehabt", meinte Bernhard, als er kurz einmal in meiner Wohnung vorbeischaute, als ich mit Grippe im Bett lag. Obwohl ich damals fieberte, war mir klar, dass er Recht hatte:

In so eine Wohnung würde keine Frau gerne kommen. Man kann eine unschöne Umgebung offensichtlich leicht wegklicken, indem man Fenster zu perfekter Schönheit öffnet:

Auf drei Meter langen Couchen vor Gemälden – oft auch auf einer schönen Terrasse mit Swimmingpool findet vor unseren Augen dann Luxus-Sex mit einer Luxusfrau statt, die manchmal sogar eine Perlenkette trägt, die zwischen ihren „Riesentitten" schwingt.

Und so, wie so manche Lottospieler mit sturem Blick nur mehr die Vorstellung einer Million in ihren glasigen Augen durch die Welt tragen, ohne das kleine Glück – etwa einer gemütlichen Wohnung, zweier gesunder Kinder - zu sehen, das sie jetzt bereits haben, so starren wir Pornogucker auf Luxusszenerien. Und vergessen, dass wir unsere eigene Umgebung schöner machen könnten.

Fatal wirkt sich die Gier auf mehr Schönheit für jene Pornokonsumenten aus, deren Frau optisch recht anders als die Pornomodels aussieht (und tun das nicht die meisten Frauen?). Er, der vielleicht eine recht glückliche und zufriedene Ehe führte, hat bereits so viele Bilder von Superfrauen im Kopf, dass er diese inneren Clips auch in seinem Schlafzimmer nicht mehr wegbekommt:

Er wird unzufrieden, weil er seine Frau immer öfter mit den Models vergleicht. Vielleicht wäre er ein glücklicherer Mann wenn er noch nie einen Porno gesehen hätte.

Die Perspektive auf Porno-Phantasien wandelt sich um 180 Grad, wenn es sich um die Phantasien anderer Männer mit der eigenen Ehefrau handelt.

„Hat Sie die neue Kollegin schon einmal drüber gelassen?" wurde einmal ein Arbeitskollege meiner Exfrau Uschi von seinem Abteilungsleiter gefragt. Mit „neuer Kollegin" war Uschi gemeint. Wir waren damals zwar noch nicht verheiratet, aber ich wurde innerlich ziemlich wütend, als sie mir erzählte, dass dieser Kollege es auch ihr selbst weitergesagt hatte.

„Besuchen Sie sie doch einmal mit einem Flascherl Wein! Da geht sicher was rein! Und in der Früh dann noch einmal drüber – und tschüss!" So etwas sagt ein brav aussehender Akademiker im grauen Flanell, wenn er seine Kollegen nach einem gemeinsamen Umtrunk heimführt.

Selten, aber immer wieder tauchen auf Partys auch diese Möchtegern-Don-Juans auf, die jede Frau anbraten, auch wenn sie wissen, dass sie verheiratet ist. Dass der Ehemann anwesend ist, tut seinen Avancen keinen Abbruch. Traurig ist, dass sich die betroffene Frau dann fast entschuldigend aus bedrängten Situationen herauswinden muss. Ohrfeigen sind anscheinend passe und nur mehr in alten italienischen Beziehungskomödien zu finden.

Ich kann natürlich nicht beweisen, dass solche Männer sich durch die „Wife" Rubrik im Porno-Web geklickt haben – gebundene Frauen scheinen jedoch ein erregendes Zielobjekt für manche zu sein.

„Was sagst du dazu, dass Richard alle Frauen auf den Mund küssen will" fragte ich einmal Gerlinde, Richards Frau. Uschi und ich hatten versucht, eine „Paar-Freundschaft" mit den beiden anzuleiern, was an genau diesem Umstand scheiterte: Anstatt Uschi den Begrüßungskuss auf die Wangen zu geben versuchte Richard immer einen Kuss auf ihren Mund. „Was für ein seltsamer Kerl!" sagte Uschi damals. „Was für ein seltsames Paar – wenn Gerlinde das ohne weiteres akzeptiert".

Ich kannte die beiden ein wenig besser als Uschi und wusste von der Untreue, die in dieser Ehe ein Thema war. Zuerst hatte Richard ein Verhältnis – was zu einer großen Krise führte. Danach wollte Gerlinde die gleichen Freiheiten, und begann ihrerseits Techtelmechtel mit verschiedenen Männern.

Da die beiden auf dem Esoterik Trip waren – oder sollte ich sagen: Bücherregale voller „spiritueller Bücher" hatten und laufend einschlägige Seminare besuchten - dämmerte mir manchmal der Verdacht, hier schwebte auch die

Idee einer „universellen Liebe" mit. Gibt es nicht Sätze wie „diese unendliche Liebe, die in mir fließt, will ich nicht nur einem Menschen schenken" und „ich wollte mich öffnen für neue tiefe Erfahrungen auf dem Gebiet der Liebe" in diesen Büchern und Seminaren?

Derartige „tiefe" neue Erfahrungen sind wohl in der Porno-Kategorie „Bride" zu finden: oft auch die Hochzeitsfeier-Phantasie: Noch im Hochzeitskleid wird die Braut entführt und noch einmal richtig durchgefickt – am besten von mehreren Männern.

„Deine Hochzeit war ein Irrtum – du bleibst doch eine Hure" – ist das der Satz, der diese Kategorie für Männer so erregend macht? Oder: „So unschuldig, wie du immer getan hast, wirst du nicht in diese Ehe gehen – da hilft das schöne weiße Kleid auch nichts".

Möglicherweise ist es auch der uneingestandene Neid auf das Glück von Ehepaaren, das einem selbst verwehrt geblieben ist. Nicht dass Ehen automatisch glücklich machen. Aber jene Paare, die es schaffen, diverse Krisen in ihrer Ehe zu meistern und zu einer gemeinsamen Gemütlichkeit zu finden – in der der Sex gar nicht mehr so eine große Rolle spielen muss – sind eindeutig beneidenswert.

Diesen Neid zuzugeben hieße jedoch, die eigene Einsamkeit zuzugeben. Da tut es wohl gut, die Sache mit dem Gedanken „auch Ehefrauen sind letztlich Nutten" abzutun.

Und natürlich: es geht hier auch um die Wahrung der Distanz zu einer als zu mächtig erlebten Frau: „Schnell weg nach dem Sex" scheint eine Lieblingsphantasie vieler Männer zu sein. Jedem Mann, der jemals wirklich guten Sex hatte – der ja zu einer glücklichen Erschöpfung führt – muss das zwar seltsam vorkommen, aber es gibt eben auch Ängste, die nur in einer mehrmonatigen Psychotherapie erkennbar werden – und wer kann sich das schon leisten?

„Bitte fick meine Frau" heißt eine Homepage (man sieht diese Homepagenamen meist rechts unten im Videoclip – auch wenn man diesen Clip auf einem anderen Verzeichnis dieser kostenlosen Probepackungen im mpeg oder wmv Format gefunden hat). Klingt geil. Tabulose Paare – oder impotente Männer, die ihre Frauen trotzdem befriedigt sehen wollen?

DOGGYSTYLE

Clips, die ich weniger erregend finde sind jene, in denen die Frau auf dem Mann reitet (außer, wie bereits gesagt, er fasst an ihre Brust – eine Handlung, die, wie ich bereits berichtet habe, in Pornos äußerst selten zu finden ist).

„Doggystyle", also der Sex von hinten, kommt meiner Phantasie entgegen, der Aktive zu sein, die Bewegung zu kontrollieren, und mich doch in gewisser Weise gehen zu lassen, weil die Frau mein Gesicht nicht sieht: vielleicht ist ja mein lustverzerrtes Gesicht nicht besonders attraktiv.

In meiner gutbürgerlich-katholischen Erziehung war nicht viel Platz für Passivität. „Liebe deinen Nächsten" forderte zur Aktivität auf, genauso „schau, dass du was erreichst im Leben" und „solltest du nicht ein wenig mehr Sport treiben?".

Das waren gutgemeinte Ratschläge und hehre Werte – „Mens sana in corpore sano" – nur frage ich mich jetzt manchmal, wann ich in meinem Leben jemals passiv bin.

Als ich Thomas, einen Schulkollegen der Lehrer geworden ist, ab und zu anmaile, ob er nicht am Wochenende Lust auf Kino oder einen gemeinsamen Drink hätte, kommt die Antwort:

„Gönne mir wieder mal ein Wellness Wochenende, hatte viel Stress".

Ein Wellness Wochenende also. Hab ich mir eigentlich noch nie gegönnt. In mir tauchen Bilder von Menschen auf, die sich mit geschlossenen Augen am Rande von Pools räkeln und zufrieden grinsen. Vermutlich auch aufgrund von Massagedüsen und Whirlpool-Effekten.

Ich lasse mich auch nicht unbedingt gerne massieren. „Ist mir auch zu teuer" könnte eine Ausrede sein – denn dafür reicht mein Geld allemal.

Nein, es dürfte der Unwillen sein, in eine passive Rolle zu geraten – etwas „mit mir machen zu lassen", mich „hingeben". Hat nicht der norwegische Autor Tor Norretranders vor zwanzig Jahren ein Buch über den männlichen Orgasmus geschrieben, das „Hingabe" hieß? Tatsächlich finde ich es noch in meinem Bücherregal.

Ich erinnere mich, dass Andrea mich ab und zu massiert hat – wir haben uns gegenseitig massiert. Bei Kerzenlicht und Soulmusik. Damals hat es mir ganz gut gefallen. War es eine ruhigere Zeit? Wir machten damals an einem typischen Sonntag nicht viele Pläne: wir hatten Zeit im Überfluss. Es gab noch keine Handys die zwischendurch hätten läuten können – ich machte mir damals nicht so viele Gedanken über mein Leben: ob es gut genug und erfolgreich genug ist. (Und ich wusste, dass Doggy-Style kurz danach durchaus möglich sein würde).

Ich vermute dass jeder Mann, der eine Sexualpartnerin hat, ein Lieblingsdrehbuch für den Sex im Kopf hat – und dieses Drehbuch auf sanfte Weise umzusetzen versucht.

In meinem Drehbuch möchte ich, wenn ich „es kommen" fühle, mich nur mehr so lange in oder an einer Frau bewegen, bis der Klimax eingetreten ist. Weiteres Reiben danach kann unangenehm oder sogar schmerzhaft sein.

Dennoch gab es wohl ab und zu einen hingebungsvollen Orgasmus unter einer Frau: bei dem kein Muskel mehr angespannt sein musste, denn man liegt ja einfach nur da.

Dann fließt es einfach aus einem heraus – und die Wogen der Lust pulsieren nicht nur zwischen den Beinen. Vermutlich habe ich dann auch schon mal den Kopf hin und her geworfen.

Ich nehme mir vor, das Buch „Hingabe" noch einmal zu lesen und mir die „Erregungskurven" noch einmal genauer anzusehen. Oder ein Wellness Wochenende zu buchen (nein: zu teuer! Hat nicht auch eines der öffentlichen Bäder in meiner Stadt Massagedüsen und ein warmes Whirl-Becken?)

„Schau, die Tiere treiben auch am liebsten von hinten", sagt mein lustiger Bruder, als im Fernsehen gerade „Universum" über Geparde läuft. Wir lachen alle – bis auf meine Schwägerin: „Musst du das vor den Kindern sagen?"

„Das ist biologistisch!" werfe ich belustigt ein, wenngleich mir das Thema sehr ernst ist: „Der Mensch unterscheidet sich ja sehr wohl von den Tieren". „Du musst es ja wissen, sagt mein Bruder. „Wofür haben wir dich denn sonst studieren lassen ...?"

BLOWJOB

„Eifrige polnische Frau sucht Arbeit im Haushalt: putzen bügeln ..." steht auf dem Zettel, der an der Bushaltestelle mit einem Klebeband befestigt ist. „...blasen ..." hat jemand dazu gekritzelt. Ich muss schmunzeln.

Es ist tatsächlich so, dass Fellatio eine Lieblingsphantasie der meisten Männer ist. Vielleicht ist das neben dem „Reiten" der Frau auf dem Mann die einzige Variante, in der ein Mann eine passive Rolle beim Sex einnehme darf.

Aber vielleicht darf er es nur deshalb, weil es im „Pornodrehbuch" (so es denn eines gibt - oder mehr als eines) fast ausschließlich dem Vorspiel dient: Danach darf der Mann „loslegen", wie es seiner aktiven Rollenzuschreibung entspricht.

Dabei ist beileibe nicht jeder Blowjob angenehm - nicht jeder Frauenmund ist angenehm. Männer mit tatsächlicher Sex-Erfahrung wissen das vielleicht, aber was ist mit jenen tausenden, die sich wohl Pornos ansehen und noch nie Sex hatten?

Im Internet kursiert ein Männerwitz über den „idealen Tag für den Mann", der mit einem Blowjob beginnt, und zwischendurch mit zwei weiteren Blowjobs aufgefettet wird. Wer jemals „rasend verliebt" war und es mehrmals am Tag mit seiner Flamme getrieben hat weiß, dass der Penis binnen kürzester Zeit weh zu tun beginnt – und gerade der Versuch, durch Fellatio zu kommen, zwangsläufig zu einer mühsamen Plackerei verkommt.

Warum hält sich ein solcher Männerwitz so hartnäckig? Gibt es so viele Männer, die noch nie Sex hatten? Leidenschaftlichen, häufigen Sex, mehrmals täglich – angestachelt von wirklicher Verliebtheit? Denn die Legende von den „Nymphomaninnen" hat sich bislang im Umkreis meiner ehrlichen Männergesprächspartner noch nicht bewahrheitet.

Und Bill Clinton natürlich: „I never had a sexual relationship with this woman" zuerst, später: „I do admit I had a relationship with this woman that was not appropriate": Eine Beziehung, die nicht angemessen war – ist das die politisch korrekte Bezeichnung für einen Blowjob?

„Komm mir nicht zu nahe" könnte eine psychologisch korrekte Bezeichnung für die Philosophie der Liebhaber der Blowjob-Rubrik im Pornoclip-Verzeichnis sein. „Bedien´ mich ruhig da unten, aber komm mir nicht zu nahe" - damit nicht die strikte Grenze zwischen Frauen und Männern fällt, die die Selbstdefinition vieler Männer in Frage stellen könnte: „Ich bin ein Mann, weil ich alles Weibliche an mir ablehne".

„Wenn ich in dich eindringen würde, hättest du mich bereits dort, wo du mich haben wolltest (wo alle Frauen den Mann haben wollen - um ihm ein Kind anzuhängen). Also mach mal ruhig da unten weiter - vielleicht komme ich in deinen Mund, davon wirst du ja nicht schwanger."

GAY

Gay, so lernten wir im Englischunterricht im Gymnasium, heißt „lustig". Ganz und gar nicht lustig empfindet mann die Clips, die dann ab und zu auftauchen, obwohl man sie nicht bewusst angeklickt hat.

Denn so gut ist das Porno-Englisch nun auch wieder nicht, dass man alle englischen Begriffe für „heiße Kerle" verstünde – es kann also leicht passieren, dass ein Browserfenster aufgeht, in dem Schwulenpornos auftauchen.

Schnell weggeklickt also die Männerköpfe, die sich über Männerschwänze beugen, die Männer, die hintereinander stehen oder nebeneinander liegen und genau das machen, was wir auf den anderen Clips so geil finden, wenn es denn nur ein Mann und eine Frau tun.

Ich kenne ein paar schwule Männer – und zwei bisexuelle, die ich jedoch noch nie von Frauen schwärmen gehört habe. Mit Leonhard, der noch immer verheiratet ist – auch, weil er in seine zwei kleinen Kinder vernarrt ist und er sich ausgerechnet hat, was er an Alimenten zahlen müsste – habe ich in einer meiner neugierigen Phase versucht, die Gespräche auf sexuelle Details zu lenken, was nicht so ganz gelang. Aber irgendwie interessierte es mich kurz darauf nicht mehr so genau.

Homosexuelle Aktivitäten plötzlich auf Bildern und Videos zu sehen, löst jedoch offensichtlich trotz meiner Aufgeklärtheit beim Thema Homosexualität den „Pfui – schnell weg" Effekt aus.

Und natürlich fällt mir das Thema Homophobie, also die Angst vor Homosexualität ein: Ob wir Männer nicht all das an den Schwulen hassen, was wir uns insgeheim so wünschen, uns aber nicht erlauben.

Da muss man gar nicht über Analverkehr reden, da kann man beim „lächerlichen Gekichere" beginnen, das uns ernste Männer nerven kann, die wir uns Übermut nicht mehr erlauben in unserer professionellen Seriosität.

Genauso ist es mit jenen weichen und für uns manchmal übertriebenen Handbewegungen, die Hetero-Männer belustigen können: Wir erlauben uns ja keine unnötigen Bewegungen mehr, seit uns Klassenkameraden – und vielleicht sogar eine Frau, der unsere Gestik nicht gefiel – erklärt haben, dies oder jenes sähe „schwul aus". Eine Frau sagt natürlich: es sieht „ein bisschen" schwul aus.

Ich muss wohl sieben oder acht gewesen sein, als ich nach einem „Bandenkrieg" meinen Arm um meinen besten Freund Andreas schlang. „Haha, zwei warme Brüder!" rief Mario und ich verstand anfangs nicht was er meinte – und ließ meinen Arm auf Andreas´ Schulter. „Wenn ein Bub den Arm um den anderen legt, sind sie warme Brüder!" rief Mario lachend – und mein Arm zuckte reflexartig zurück – obwohl ich keine Ahnung hatte, was „warme Brüder" denn seien.

Auch meine Eltern wollten es mir nicht genau erklären – und da begann sie: Die diffuse Angst, etwas Verbotenes zu tun, wenn man einen Freund berührt.

Später – so mit vierzehn vielleicht – begann die Sorge um das eigene Outfit: wir verglichen uns mit den älteren Jungs, wollten aber noch experimentieren:

Da trug ich schon mal eine weiße Satin-Boxershort im Sommer zu einem Tennishemd mit schmaler Krawatte oder schneiderte mir aus Leintüchern orientalisch aussehende Pluderhosen. Dazu kam irgendwann ein Stufen-Haarschnitt, den mir eine Freundin verpasste. „Sieht schwul aus" würde ich mir denken, wenn mein Sohn sich so stylen würde (aber ich würde es natürlich nicht sagen).

So haben wir Heteros uns also die Freiheit abgewöhnt, uns bunt und aufsehenerregend anzuziehen. Mit einer gewissen Bitterkeit beobachten wir jedoch, dass die heutigen männlichen Jugendlichen mit einer gewissen Selbstverständlichkeit viel mehr modische Ausdrucksformen nützen, als wir damals:

Sie haben zehn verschiedene Sorten von Haargel zur Verfügung (wir hatten nur zwei) und dürfen sich bereits glitzernde Steine ins Ohrloch stecken – ohne dass sie jemand „schwul" findet (und wenn doch, finden das zehn andere Kumpels „cool" – vielleicht sogar Mädchen, was doppelt zählt). Mit rosigen Wangen tragen sie ihre Föhnfrisuren (oder ihren „Hero-Haarschnitt") durch Wind und Wetter, und platzieren ihre Caps so genau, dass der Haarvorhang darunter gerade noch das Hinausblicken erlaubt.

Und die allgegenwärtige Medienindustrie bietet ihnen so viele Stars und Filmfiguren, dass noch mehr Crossover erlaubt ist. Bill Kaulitz von TOKIO HOTEL kombiniert die rockige Lederkluft mit einem Make-Up, das sein Gesicht konkurrenzfähig mit Germany´s next Topmodel macht (übrigens mag ich Tokio Hotel: die Jungs bringen es zustande, ganz in der Tradition der Rolling Stones und The Who nur mit einer Gitarre, einem Bass und einem Schlagzeug zwei Stunden lang eine tolle Show auf die Bühne zu bringen).

Andererseits gibt es noch immer junge (und ältere) Männer mit Dreadlocks – ob sie etwas mit dem Hippie-Gedankengut unserer Jugend am Hut haben bleibt unklar – möglicherweise ist der Reggae Sound aus ihren Ipods ihre wesentliche Identitäts-Säule.

„Sieht dieses rosa Hemd nicht schwul aus" fragte ich einmal eine Exfreundin. Und lachte dabei beiläufig – aber irgendwie war die Frage doch auch ernst gestellt. Mehrere Jahre davor hatte ich mir vorgenommen, nur mehr hellblaue und graue Hemden zu kaufen.

Mein bisexueller Freund Leonhard lässt in einer gewissen Regelmäßigkeit etwas extravagantes hervorblitzen – obwohl er in einer ebenso seriösen Akademikerposition ist wie ich: zuletzt war es ein Kinn-bärtchen, dann wieder ein Gürtel mit einer Unmenge an Messing-Nieten, möglicherweise auch diese Schuhe mit Messing-Kappen – oder trug er die nur bei unseren Freizeit-Treffs?

Ich erlaube mir das nicht mehr. Ich lache im Geheimen über modische Extravaganzen bei Männern, genauso wie über das übertriebene Bart- und Haarstyling: die exakten millimeterdünnen Bart-Ornamente, die angedeuteten Irokesen-Haarschnitte, dazu noch die bunten Brillen, die großen oder glitzernden Ohrringe, die vielfältigen Armringe:

Ich nenne das innerlich „weibisch", weil ich mir das selbst nicht erlaube.

Ergibt das alles zusammen eine Abneigung gegenüber Homosexuellen? Den „Pfui – schnell weg" Effekt beim Anblick der muskelbepackten, glattrasierten Jungs, die sich um die Schwänze ihrers Partners kümmern? Ich nehme mir vor, Bernhard dazu zu befragen.

INTERRACIAL

Im virtuellen Porno-Regal taucht auch „der schwarze Mann" wieder auf: Jaja, ganz im Sinne von „Wer fürchtet sich vorm schwarzen Mann?"

In der Rubrik „Interracial Sex" sind „blacks on blondes" zu sehen, oder die Warnung „Your daughter is fucking a black dude". Was die hübsche Blondine lieber nicht hätte machen sollen, ist rüber in die „wrong side of town" zu gehen: Denn dort fallen gleich drei Farbige gleichzeitig über sie her – was sie schließlich doch genießt, nachdem die ersten Widerstände überwunden worden sind.

Die schwarzen Pornodarsteller sind oft mit furchterregend großen Schwänzen ausgestattet – wo das nicht der Fall ist, wird schon mal ein dunkler Dildo aus Hartplastik vor die Hose gehalten, mit dem es sich ebenfalls Löcher stopfen lässt.

Nun, vielleicht ist es nur ein visuell-ästhetisches Vergnügen: ein schwarz glänzender „Prick" in einer weißen „Pussy" ist einmal etwas anderes.

Oder lauert im Hintergrund doch noch die Wildheit des Buschmannes, der noch über Frauen herfallen darf wie sein Nachbar, der Tiger, über die Antilope?

Schließt sich hier der Kreis zu jenen Männerseminaren, die sich der Wiederfindung der „Wildheit im Mann" verschrieben haben und die Seminarteilnehmer auffordern, doch einmal nackt mit einem Stock um ein Feuer zu tanzen?

„Die Schwarzen küssen anders" hat mir einmal eine Bekannte erzählt. „sie saugen eher an deiner Zunge". Nun, vom Küssen ist auf den Clips, über die ich gerade schreibe, fast nichts zu sehen.

Bewundernswerter fand ich da schon die offene Kommunikation von Bernhard mit seiner damaligen Freundin, die bereits sexuelle Erfahrungen mit einem Afrikaner gehabt hatte: Wenn beide einen hübschen Schwarzen sahen, durfte schon einmal die Andeutung „Ein Brickerl" gemacht werden – so hieß das dunkelbraune Eis, das von Eskimo einmal vertrieben wurde – ich bin mir nicht sicher, ob es noch immmer unter diesem Namen erhältlich ist.

Was ich mangels eines „richtigen" Hip Hop Fans in meinem Bekanntenkreis derzeit nicht herausfinden kann ist, ob speziell Liebhaber dieser Musik, auf „interracial" Pornos stehen: Verwunderlich wäre es nicht, denn die meisten Hip Hop Musikvideos strotzen ja vor Gogo-Girls, die sich pausenlos an den Rapper schmiegen. Vielleicht will ein richtiger Hip-Hop-Fan speziell in dieser Porno-Rubrik sehen, wie solche Musikvideos eigentlich weiter gehen (sollten) – bis zum finalen Cumshot.

Auch die allgemeine Geilheit auf „Sex and Crime" im Land der Kronen Zeitung könnte natürlich Porno-Surfer in diese Kategorie locken, die sich ansehen wollen, was Drogendealer (die sich ja nur als Asylwerber tarnen) mit den jungen weiblichen Junkies machen, die um den nächsten Schuss betteln.

Mit Verwunderung stelle ich fest, dass ich in meinem Bekanntenkreis auch keinen Afrikaner – oder Afro-Amerikaner habe. Ich hatte in meiner langweiligen Behördentätigkeit ein paar Mal dienstliche Gespräche mit welchen – und die waren recht positiv. Ich nehme mir vor, Julia und Ouali öfter zu treffen – ein „interracial pair", das mittlerweile zwei süße kleine Jungs hat.

Da ich mir mit Bernhard einig bin, dass der typische Körperbau von Afrikanerinnen uns weniger anspricht, sind Überschriften wie „black teen being fucked" für mich uninteressant. Es wird wohl Männer geben, die sich gerne „interracial" videos ansehen, in denen es weiße Männer mit schwarzen Frauen treiben. Wenn die porno-üblichen Erniedrigungs- und Bestrafungsgesten gegenüber Frauen auch dort zu finden sind – und ich kann mir nichts anderes vorstellen – haben diese Videos wohl auch einen rassistischen Unterton: das genauer herauszufinden wäre ein lohnendes Thema für eine soziologische Diplomarbeit (in Amerika ist es sicher schon erforscht).

BRAZILIAN (CZECH)

„Brazilian" ist für US Amerikanische
Pornokonsumenten wohl etwas Ähnliches wie
„Czech" für uns deutschsprachige: Hinter der
Grenze zu dem ärmeren Nachbarland sind
Frauen zu finden, die für wenig Geld „alles
machen".

Diese werden am Strand zu Drinks eingeladen
und dann in eine Wohnung, in der schon zwei
Videokameras auf Stativen stehen (oder in ein
Apartment mit Pool – das kann man sich in
Brasilien leicht leisten) gelockt.

Die Brasilianerinnen wirken auf diesen Videos
wie vom Naturell her fröhliche Wesen – sie
lachen bei dem „unmoralischen Angebot" und
finden möglicherweise nicht viel dabei, eine
schnelle Nummer im Sonnenstuhl zu schieben
und sich nachher das Gesicht mit Sperma
bekleckern zu lassen. Es wäre schön, wenn dieser
schnelle Gelderwerb (die Frage bleibt natürlich:
wie viel Geld) diesen frohgemuten Wesen
tatsächlich nicht viel ausmacht.

Die „Czech Girls" die ein paar Klicks weiter
präsentiert werden, lassen im österreichischen,
deutschen, oder schweizerischen Mann wohl die
Phantasie eines Puffbesuches drüben jenseits der
Grenze entstehen: Wenn er dort nur mit seinen

Euros wedelt, öffnen ihm schon zwei blonde junge Frauen (vielleicht ist der einzige Unterschied zu den „Brasilien" Videos die Haarfarbe der Frauen – und der Mangel an Swimmingpools in den „Czech" Videos) die Hose, um oral loszulegen.

Beide Länder beamen einen Mann vermutlich zurück in die „gute alte Zeit", in denen der Mann das Geld hatte und die Frau darum betteln musste.

Unklar für Menschen, die sich mit der Verquickung von Frauenhandel in Osteuropa, Gewalt und Prostitution befasst haben, bleibt, inwieweit diese Verbrechen die Basis für die Pornos bleiben, die möglicherweise keine fünfhundert Kilometer von unseren Städten gedreht werden.

„Manchmal fahre ich ein paar Kilometer rüber, wenn ich in unserem Haus in Niederösterreich bin", gestand mir einmal ein gepflegter Akademiker in weinseliger Laune. „Dann gönne ich mir eine Tschechin – das ist dort drüben viel billiger". Ich war ziemlich erstaunt, dass ein so attraktiver Mann wie er so etwas macht – vom Aussehen her müsste er ja auch hier Sexualpartnerinnen finden.

„Der Kick drüben ist: man kann ganz schnell und hart zur Sache kommen: zum Beispiel im Auto! Es ist dann auch schnell wieder vorbei!" schwärmt er noch. Aha.

Ansonsten bleibt das Thema Prostitution für mich ziemlich undurchsichtig: von keinem anderen Mann habe ich gehört, dass er bereits einmal in einem Bordell war – und das stärkt meine Hoffnung, doch noch in einem halbwegs normalen Bekanntenkreis zu verkehren.

„Ich würde bei einer Prostituierten keinen hochkriegen" erzählte ich einmal Bernhard. „Ich wäre viel zu nervös – wie es sich ja auch so mancher anderen schnellen sexuellen Aktion in meinem bisherigen Leben herausgestellt hat".

„Was ich so gehört habe dürften das Profis sein" klärt er mich auf. „Du zahlst ja nur, wenn du ´gekommen bist´. Die wissen schon, wie sie dich geil machen."

Wir reden dann noch über das Prostitutionsverbot in Schweden – und die Tatsache, dass es in Skandinavien früher Pornos gab als im Rest Europas – aber das Bier lässt mich bald den roten Faden verlieren.

HOUSEWIFE

Auch die Rubrik „Frauen zurück an den Herd" gibt es im Pornoverzeichnis: sie trägt den Titel „Housewife".

Einerseits geil, dass diese Hausfrauen so gelangweilt sind, dass sie sehnsüchtig auf den Briefträger mit der prallen engen Hose warten, andererseits ist aus dieser Perspektive unverständlich, dass sich noch immer so viele Männer die Frauen zurück hinter den Herd wünschen:

Denn läuft nicht genau jener Familienvater, der sich seine Frau zurück zu den drei K (Kinder, Küche, Kirche) wünscht Gefahr, gerade seine eigene Frau mit dem Briefträger im Bett vorzufinden?

Aber natürlich: diese „braven" Familienväter gucken ja keine Pornos.

Die „notgeilen" Hausfrauen sitzen also augenscheinlich doch in einem Käfig. Und da offensichtlich Geld genug für Dessous, Strapse und Seidenbademäntel da ist, wird es wohl ein goldener Käfig sein. Nicht zu sprechen von den hallenartigen Wohnzimmern, in denen schließlich – zumindest in Edelpornos – richtig zur Sache gekommen wird.

Der antifeministische Pornokonsument findet hier also ein zwiespältiges Genre vor: Er sieht die Frau in dem Käfig, in den sie seiner Meinung nach gehört, muss jedoch gleichzeitig zugeben, dass sie sich dort offensichtlich langweilt.

Der profeministische Mann - Bernhard und ich zählen uns übrigens zu dieser Kategorie, falls das bisher noch nicht klar geworden sein sollte - findet in genau der gleichen Kategorie seine Ansicht bestätigt, dass Frauen die Erwerbstätigkeit möglichst nicht leichtfertig aufgeben sollten (falls profeministische Männer überhaupt Pornos gucken!):

„Da siehst du es: Hast du wirklich geglaubt, dass du nur mit dem Haushalt und den Kindern deine Erfüllung finden wirst?" (... deine „Erfüllung" wirst du jetzt gleich von mir bekommen ...). Es sei Bernhard und mir also vergönnt, wenn wir über dieses Porno Genre manchmal „schmutzig" witzeln. Wir finden Gleichberechtigung gut und wichtig, daran ist nicht zu rütteln.

Aber auch der Neid der Beziehungslosen und Einsamen findet hier wohl wieder ein pornografisches Projektionsfeld: „Verheiratete Männer werden ja auch nicht glücklich – ihre Frauen gehen früher oder später fremd".

Das sagt sich leichter als „Ich bin traurig, dass ich noch keine Frau gefunden habe".

WORKOUT

Manchmal geht es nach einem Mausklick auch in einem Fitnessstudio so richtig zur Sache. Hier finden Bodybuilder vielleicht den Beweis dafür, dass Muskeln doch endlich eine erotische Wirkung auf Frauen haben:

Denn ganz sicher sind wir Männer uns heute nicht mehr, wie wir unsere Ausstrahlung auf das andere Geschlecht verstärken können. Hunderte Ratgeber stehen in den Psycho-Regalen der Buchhandlungen, und in kleineren Häppchen bekommen wir Sex-Tipps in Lifestyle-Magazinen wie „Men´s Health":

Dort steht auf jedem Titelblatt neben der siebenundsiebzigsten Anleitung, wie man nun doch noch schnell einen Waschbrettbauch (Sixpack) antrainieren kann, wie man Frauen „rumbekommt".

Mann kann also alles trainieren – um „gesund" zu sein und eine „gesundes" Sexleben zu bekommen. Und wenn die amerikanischen Versprechungen, dass man überhaupt alles bekommen kann, wenn man nur „hart genug daran arbeitet" nicht eintreffen, renkt der sportschwitzende Mann sein Selbstbild in „Workout"-Pornovideos wieder ein.

Vielleicht tut er das auch deshalb, weil auf dem Crosstrainer vor ihm regelmäßig Frauen turnen, die einen tollen Hintern haben. Eine Situation, die der Strategie des Eselsreiters ähnelt, der mit einem Stock die leckere Karotte vor dem Gesicht seines Esels herumbaumeln lässt, damit er nur endlich weitergehe.

Würde der Mann mit dieser Frau eine Bergtour unternehmen, sähe er – falls er sie vor sich den Berg hinaufsteigen ließe – wohl ab und zu ihre wohlgeformten Rundungen vor sich. Im Fitnessstudio sind jedoch gleich mehrere geile Frauenärsche vor ihm platziert, die sich – möglicherweise in engen Fitness-Hosen – zum Rhythmus der Steigemaschinen bewegen und dabei nicht aus seinem Blickfeld geraten.

„Manche Frauen schwitzen es eben raus, wenn sie keinen Mann abgekriegt haben" sagte einmal Günther, ein Bürokollege in bierseliger Laune zu mir, als wir nach einer Betriebsfeier gemeinsam zur U-Bahnstation gingen – vorbei an einem Fitnessstudio mit großen Fenstern, der den Blick auf eine Gymnastikgruppe ermöglichte. „Da hast du sie, diese erfolgreichen Businessfrauen – um neun Uhr abends in einem Fitnessstudio – müssen die einsam sein!"

Ob Günther sich mit Hilfe der „rosa Filmchen" zu Hause noch Lust verschaffen wird, weiß ich nicht – aber wenn ja, dann dürfte auch er in der Kategorie „Workout" das finden, was er so über Frauen philosophiert:

Frauen nämlich, die es doch nicht alles „rausschwitzen" können, sondern noch immer geil sind, „notgeil". Was liegt dann näher, als mit geröteten Wangen und feuchten Lippen rüber in die Männergarderobe und auf den Muskelmann zuzugehen, bei dem sich sein „bestes Stück" schon vergrößert an der hautengen Sporthose abzeichnet.

Vielleicht sollte ich mich auch in ein Fitnessstudio einschreiben, durchzuckt es mich (weil ich wieder leichte Rückenschmerzen habe). Wenigstens im Winter. Andererseits: das kostet mindestens zwanzig Euro im Monat. Abends kurze Videos gucken kostet mich nichts.

COCK (DICK)

„Furchtbar, diese Großaufnahmen von Geschlechtsteilen!" merke ich Bernhard gegenüber an, als wir wieder einmal bei einem Bier sitzen – diesmal bereits in einem Gastgarten. Bernhard stimmt mir zu: „Das ist mir auch unverständlich. Beim richtigen Sex sehen wir es ja auch nie aus dieser Perspektive."

Im Männermärchen spielt wohl nicht der „ganze Mann" die Hauptrolle, sondern doch nur sein Schwanz. Ob der wiederum tatsächlich „sein bestes Stück" ist, wage ich beim Anblick der dunkelrosa Kolben, die über einem behaarten oder rasierten Sack heraussstehen zu hinterfragen.

„Vielleicht muss hier permanent der Beweis erbracht werden ´Ja ich bin wirklich erregt´- im Sinne von ´ja es gefällt mir wirklich´" versuche ich, meine Gedanken weiterzuspinnen. „denn leicht wird es ja nicht sein, ´am Set´ immer einen hochzukriegen." –

„Da hast du sicher Recht. Wenn ich mir vorstelle, dass die bestimmte Positionen dreimal wiederholen müssen, bis alles im Kasten ist ..."

Mir wird bewusst, dass ich selbst meist nicht erregt bin, wenn ich den PC hochfahre, um mir ein paar Clips anzusehen. „Erregen wir uns also

selbst, obwohl wir vorher gar nicht erregt sind?"
frage ich Bernhard.

„Gut möglich" antwortet er. „Ich habe
manchmal den Verdacht, dass das Wichsen eine
Strategie gegen eine depressive Stimmung ist"
fährt er fort.

Das Wort Midlife-Crisis taucht in meinen
Gedanken auf. Lustlosigkeit im Job – auf jeden
Fall ein Thema bei mir. Lustlosigkeit in der
Freizeit – auch möglich. Lustlosigkeit gegenüber
Frauen? Nach meiner Trennung von Barbara
habe ich derzeit tatsächlich keine Lust, auf
Frauen zuzugehen.

Natürlich stelle ich mir eine „Affäre" toll vor,
nur bin ich offensichtlich nicht der Typ dafür, der
mit einer Frau, die er nur beiläufig kennt, in die
Kiste steigt und Spaß dabei hat.

Von den wenigen Malen, in denen ich in die
Situation eines „one night stands" kam , endeten
gut die Hälfte in meinem Geständnis „es geht
nicht – ich bin zu nervös". Wenn ich mich richtig
erinnere war es der amerikanische Psychologe
Herb Goldberg der von der „Weisheit des Penis"
schrieb:

„Wenn ER nicht will, will in Wirklichkeit der
ganze Mann nicht: Er muss nicht zu jeder Zeit
auf jede Frau Lust haben."

Die andere Hälfte meiner wenigen One-Night-
Stands war meiner Erinnerung nach ein
mühsames „endlich steht er – rein damit" und
keinesfalls besonders lustvoll.

In Pornos darf diese Lustlosigkeit offensichtlich nicht sein. Der erigierte Beweis des Spaßes ist immer groß im Bild: Es ist so geil, siehst du nicht, wie steif ich bin?

Ab und zu, in „Amateur" Videos wird sehr wohl klar, dass die Lust der Darsteller manchmal schwer zu halten ist. Die bereits sichtbare mangelnde Erektion wird dann durch schnelleres Stoßen aufrecht zu erhalten gesucht. Wenn der Oralverkehr keine Wirkung zeigt, wird der halbschlaffe Penis eben rhythmisch in den Mund gestoßen.

Haben wir Männer also keine Lust mehr darauf, immer Lust zu haben? Oder führen wir ´unlustige´ Leben – mit Berufen, die uns keinen Spaß machen, vor Fernsehern und Bierflaschen, die uns die innere Traurigkeit nicht vertreiben können?

Wenn lustvolle Beschäftigung heißt, auf einmal tiefer durchzuatmen - vor Freude und Aufregung - dann kann ich mit Sicherheit sagen: das habe ich in den letzten Wochen nur vor meinem Bildschirm erlebt.

FACIAL CUMSHOT

Zu den ungeschriebenen Gesetzen der Porno-Inszenierung gehört auch das Abspritzen ins Gesicht. „Das muss so sein." erklärte mir Bernhard einmal, „sonst wäre es ja nicht glaubhaft, dass hier wirklich ´gekommen´ wird".

Ich stolpere jedoch wenig später auch über eine Videokassette, auf der ich Mitte der Neunzigerjahre erotische Filme aus dem Nachtprogramm der Kabelfernsehsender aufgenommen habe: Dort ist der Höhepunkt durchaus glaubhaft, wenn der Darsteller sein Gesicht ekstatisch verzieht, bevor er erschöpft auf die Partnerin sinkt. „Das sind geschnittene Hardcore Videos" klärt mich Bernhard anderntags auf. „Da gibt es immer eine Soft-Erotik Version, die man im Fernsehen zeigen kann".

„Was wäre mit Abspritzen auf den Bauch - oder Rücken, je nachdem?" führe ich unsere unakademische Diskussion weiter. Bernhard hat diesmal keine schnelle Antwort parat (oder er sagt nicht, was er sich denkt).

Denn vermutlich wissen wir beide, dass sehr vieles in Pornos mit der Erniedrigung von Frauen zu tun hat: so auch die Besudelung eines hübschen Gesichtes „als Abschluss" – als finale Zerstörung jener Ästhetik, die uns Männer so erregen kann.

Ich habe von Andrea Dworkin nur ein paar Seiten gelesen und die PorNo Diskussion rund um die Zeitschrift Emma nur beiläufig verfolgt, aber beides beschreibt schon das Richtige: Pornos sind sehr oft sexualisierte Darstellungen von Gewalt gegen Frauen, und jeder Mann, der sie gerne ansieht, muss sich fragen, was in seinem Leben passiert ist, dass er wütend auf Frauen ist.

Vielleicht ist der Facial Cumshot jenes Detail, das Pornos von dem „natürlichen" Sex, wie ich ihn erlebte, bevor ich die ersten „Hardcore" Filmchen und Bilder sah, am eindeutigsten unterscheidet.

Ich hatte mir in dieser „unschuldigen" Zeit davor nie gewünscht, über dem Gesicht einer Frau zu ejakulieren – nachdem ich es mittlerweile recht oft im Internet gesehen habe erregt mich diese Vorstellung ab und zu – und das beunruhigt mich:

Pornos können offensichtlich Bedürfnisse heranzüchten, die vorher noch nicht da waren. Pornographie funktioniert also wie Werbung, die mir Lust auf ein Auto oder ein neues Handy macht, obwohl ich ohne beides eigentlich hochzufrieden war.

Pornos führen mich wie ein Kind an einem Schokoladeregal vorbei, in dem ich auch wunderbar bunte neue Süßigkeiten sehe – aber dieses Regal steht in einem Supermarkt, in dem ich niemals etwas kaufen werde können. Pornos machen Männer traurig: Männer die wunderbare Frauen haben und irgendwann einmal ihre Brüste zu klein oder ihre Lippen zu schmal finden, weil sie sich im Sex-Schlaraffenland die Augen rot gesehen haben an großen Silikon-Titten und aufgespritzten „Gebläsen".

Männer, die vielleicht ohne Sex ganz zufrieden wären, weil sie gar nicht so ein starkes Verlangen hätten – wenn man sie nicht mit „geilen Bildern" konfrontieren würde.

Pornos sind vielleicht auch nur die logische Konsequenz der sexistischen Werbung, die uns aufreizende Frauen so oft „dazu gestellt" hat, zu Produkten, die nichts mit aufreizenden Frauen zu tun haben.

Pornos lassen uns pawlovschen Hunden endlich die „Orgasmus Taste" drücken, so oft wir wollen, nachdem man uns das Frischfleisch so lange vor die Schnauze gehalten hat.

Es ist nicht leicht, sich vor der Bilderflut zurückzuziehen. Selbst wenn man den Bildschirm ein paar Tage nicht aufdreht: die aufreizenden Frauen sind fest in unserem Tagesablauf verankert: auf Plakaten, und TV-Zeitschriften, in Fernseh-Spots und manchmal auch mit lasziven Stimmen in zweideutige Radio-Werbespots.

Nein, nein, wir Männer sind nicht die „armen Opfer" der visuellen Sexualisierung: Wer soziologisch up to date ist weiß, dass es sehr viele

Bruchlinien unter den Männern gibt: Männer sind ziemlich unterschiedlich! Und einige Männer haben die Entscheidungsmacht über die visuelle erotische Aufrüstung, andere haben nicht mehr die Möglichkeit, der Bilderflut auszuweichen.

„Vielleicht ziehe ich einmal aufs Land." schwärme ich Bernhard vor. „Dort finde ich meine Ruhe."

„Dort wirst du dir aus lauter Langeweile eine Digital-Sat-Anlage montieren" lacht Bernhard. „Mit tausend Programmen – Playboy TV inklusive!"

Und manchmal ist das Abrackern für den „Facial Cumshot" ein erbärmliches Schauspiel: Manche Pornodarsteller leisten offensichtliche Schwerarbeit mit der Hand, damit es ihnen endlich kommen möge:

Da kann keine besonders große Lust im Spiel gewesen sein, da muss das eigene Organ zur geforderten Aktion gezwungen werden: wenigstens ein paar Tropfen müssen schon rausgeschüttelt werden: die Frau wartet ja mit weit geöffnetem Mund.

Andere Pornofilm-Regisseure (ist das eigentlich ein geschützter Beruf – inklusive Gewerkschaft?) lassen sich auf diese Schwerarbeiter-Probleme erst gar nicht ein: es gibt ja Dildos aus Gummi, die eine Spritzfunktion haben: „The Freaks of Cock" oder „Monster Cock Facials" nützen also eine weiße Flüssigkeit in größeren Mengen, um eine intensivere Gesichtsdusche abzufilmen.

„Das ist sicher Milch" diskutiere ich mit Bernhard. „Oder Joghurt. Muss auch für die Frauen angenehmer sein als Sperma." Obwohl: wir wissen beide nicht, wie Sperma schmeckt. In einem Buch über Männerselbsterfahrungsgruppen las ich einmal, dass ein Mann sein eigenes Ejakulat aus der Hand kostete – und fand das eklig. Frauen in und über den Mund zu ejakulieren finden wir dagegen gar nicht eklig. Oder wir vermuten, dass Frauen es eklig finden könnten, finden es aber geil, wenn sie trotzdem „ordentlich schlucken müssen".

GEILE SAU

Eine der wenigen Frauen, die mir zur Zeit Avancen macht ist Brigitte, eine Kollegin aus einer anderen Zweigstelle. Leider ist sie nicht mein Typ. Sie hat einen großen Busen und eine passable Figur, aber ihr Gesicht ist von einer Rohheit, die mich nicht anzieht.

Bernhard hat einen anderen Frauengeschmack als ich, und als sie einmal am Gastgarten unseres Stammlokales vorbeigeht und ich ihm zuraune: „Das ist diese Brigitte!" meint er schnippisch „Was hast du denn, das ist doch eine ziemlich geile Sau".

Ich muss des Öfteren lachen, wenn er Worte ausspricht, die ich mir verbiete – und Bernhard weiß das. Er weiß, dass er mich auch in einem seriösen Kontext – etwa wenn wir gemeinsam einen sozialpolitischen Vortrag anhören – mit „zotigen" Wörtern aus meiner ernsten Miene locken kann, und er macht das auch regelmäßig.

Genauso wie beim Wort „durchgefickt" versuche ich mich zu erinnern, wann ich das Wort „geile Sau" zum ersten Mal gehört habe.

Jedenfalls weiß ich, wann ich es das letzte Mal in der Öffentlichkeit gehört habe, nämlich im Fernsehen aus dem Mund von Harald Schmidt – der es jedoch auf einen Mann anwandte, womit er die Lacher natürlich auf jeden Fall auf seiner Seite hatte.

Vielleicht habe ich es in einem Porno-HEFT gelesen? In jenem Porno-Medium, das ja vor der Zeit des Internets und dem Boom der Videotheken das einzig verfügbare war: Das gute alte Papier – manchmal sogar nur schwarz auf weiß?

„Geile Sau" ist eine Wörterpaar, das vor allem gutbürgerlich-katholisch aufgewachsene Menschen wie mich schon reizen kann: Für einen „brav und ruhig" sozialisierten Mann verkörpern diese Worte schon einiges an sexuellem Anarchismus – hat Freud nicht in einem ähnlichen Kontext das Begriffspaar „polymorph pervers" verwendet?

„Geil" wurde in meiner Jugendzeit noch nicht so inflationär verwendet, wie ich es heute an jeder Ecke höre: Es war damals fast ausschließlich sexuell annotiert – bis auf die „geile Torte" natürlich, die Tante Anna serviert hatte: unsere Elterngeneration hat das Wort ja für „fetthaltig" verwendet.

„Evelyn ist schon ein ziemlich geiles Weib" hat möglicherweise Alex, ein Schulkamerad damals auf einer Party unter uns Gymnasiasten geraunt, als wir auf die Tanzfläche starrten, wo die Mädchen oft auch alleine tanzten. Ich habe sicher nicht „ja" gesagt – sondern höchstens verschämt gegrinst.

Heute ist für die Teens und Twentysomethings alles geil, was wir früher „toll" oder „super" genannt haben: ein Song, ein Konzert, der Hang beim Schifahren, der Wind zum Surfen: Das Wort geil hat den crossover geschafft und bereichert den Alltag der jüngeren Generation mit unterschwelliger sexueller Zweideutigkeit.

Aber: Wahrscheinlich immer noch besser als für Sex das gleiche Wort wie „Scheiße" zu verwenden – wie das im englischen Sprachraum mit dem Wort „Fuck" üblich ist.

„Fuck!" stöhnt so mancher Pornodarsteller, wenn er schließlich kommt, und wenn eine Darstellerin ihren „Hengst" mit den Worten „yes, I am your fucking whore" anfeuert, bleibt für uns unklar, ob sie sich jetzt selbst als „Scheißhure" bezeichnet, oder als „fickende Hure". Möglicherweise wissen das die englischen „native Speakers" auch nicht mehr so genau.

Geil wollen immer mehr junge Menschen auch aussehen. Was geil ist, ist wohl von der „Promi"-Medienwelt abzuschauen: wer ein berühmter Sänger oder eine berühmte Schauspielerin ist, ist „irgendwie geil", und man kann versuchen, dieses Styling nachzuahmen.

Diverse Reality Soaps (und „Baywatch") haben den Körperkult jedoch vorangetrieben und vermitteln den Eindruck, dass auch ein perfekter Körper alleine die Tür zur Berühmtheit aufstoßen kann:

So sieht man immer mehr Männer in hautengen T-Shirts und „Muskel-Shirts", die viel Zeit auf die Formung ihres „Sixpack" verwenden. Und dass viele Frauen gerne ihre (teilweise vergrößerten) Brüste in die Auslage schieben in der Hoffnung auf „die große Chance" ins Fernsehen zu kommen, wird jedem klar, der sich abends ein Lifestyle-Magazin im Fernsehen ansieht.

Alice Schwarzer hat einmal den Film „Pretty Woman" als Beispiel dafür genannt, wie der „Hurenlook" – die überlangen Stiefel – den Mainstream erreichen kann. Ähnlich verhielte es sich ihrer Meinung nach mit dem „Zuhälterlook" bei Männern: möglichst ganz in schwarz und mit einer Lederjacke oder –Hose: Ob das wirklich ausreicht, um als Mann „geil" auszusehen, kann ich nicht beurteilen.

Ganz jungen Mädchen, die „nichts anderes mehr als diese engen T-Shirts bei H&M bekommen", wie mir meine Nachbarin Silvia einmal erklärte, dämmert es vielleicht manchmal, dass sie die Aufmerksamkeit, die sie in einem Land, in dem die Gleichberechtigung nur mehr schneckenartiges Tempo erreicht hat, mit beruflichen Erfolgen wohl nicht so schnell bekommen werden, sehr wohl dadurch bekommen, wenn sie einen Minirock anziehen.

„Lookism" heißt dieser Trend wohl, in dem Machtlosigkeit durch Schönheit ausgeglichen werden soll – was übrigens nicht nur für Mädchen gilt: Ist nicht auch John Travolta in

„Saturday Night Fever" vom Gemüseverkäufer zum Dancefloor Hero aufgestiegen, weil er seinen knackigen Arsch in enge Hosen gesteckt hat? Aber natürlich ist er auch ein guter Tänzer und ausgezeichneter Schauspieler.

"Geile Sau" ist aber auch durch das Wort "Sau" ein Faszinosum. Dreckig wahrscheinlich: "Lass uns schmutzig Liebe machen". Versaut - sich suhlend im Dreck - das kann ja auch mal Sperma sein - vielleicht gleich eine "Ladung" von mehreren Männern.

Frauen kann man in Pornos also recht einfach "zur Sau machen", wenn sie geil sein soll, und so langsam sickert dieser Begriff in den Alltag so mancher Männer, denen "richtige Gespräche" mit Frauen fehlen.

Aus einem hübschen Mund, wird dann schnell einmal ein „Gebläse", und warum soll man Frauen, mit denen man Streit hatte, nicht gleich „Fotze" nennen.

Den Satz "Das interessiert doch keinen Schwanz" gibt es ja auch.

GROUP SEX

Weitergeklickt zum nächsten virtuellen Pornofilm-Regal: Group Sex – Orgien also. Ich überlege kurz ob hier ein Unterschied zur Rubrik „Gangbang" und „Threesome" besteht und beschließe, das anderntags Bernhard zu fragen.

Bin ich hier also endlich im Schlaraffenland der Männer angelangt? Nicht nur eine willige Frau, sondern gleich mehrere - gleichzeitig?

Ein paar Klicks weiter wird klar: es bleibt bei einer Frau – das Wort Gruppe bezieht sich auf mehrere männliche Darsteller – eine „Männergruppe" sozusagen.

Die Männer, die sich gemeinsam über eine Frau hermachen, reden nichts miteinander. Vielleicht fällt eine anerkennende Bemerkung über „great tits" und ein beifälliges Lachen: Es also nicht um Männerkumpanei – es geht um die Eroberung und Stopfung der Frau.

Andererseits: reden Männer, die gemeinsam auf die Jagd gehen, viel miteinander? Morgens um fünf auf dem Hochstand wohl nicht. Davor wohl auch nicht. Aber danach, bei einem Glas Bier oder Schnaps, dann doch wohl! Im Pornofilm sehen wir nicht mehr, was die Darsteller miteinander reden, nachdem das Sperma über die Frauenhaut geronnen ist.

Und doch ist Groupsex eine besondere Spielwiese. Männer müssen dort nicht ängstlich sein: Wenn die Erektion noch nicht gelingt, kann der andere sich derweil mit steifem Schwanz in die Frau bohren. Schön der Reihe nach, Kumpel, nur keinen Stress – du kommst schon noch dran.

Optisch ist die Sache natürlich delikat: wer den Anblick von Fellatio mag, kann ihn hier gemeinsam mit der vaginalen Penetration ansehen. Wo sieht man da zuerst hin? Ob Porno-Produzenten den Blickwechsel der Pornokonsumenten austesten lassen, um ihre nächste Produktion noch „kundengerechter" zu planen: „Mehr blasen" – oder „länger ficken, erst dann blasen"?

Beliebt auch hier die Büro-Szenerie: die Bewerberin, die dringend den Job möchte, aber auch die „Casting Couch", auf der junge Mädchen alles geben, um eine Filmrolle zu bekommen. „Zeigen Sie uns, was sie noch können" wird manchmal höflich gefragt, damit mit einer bewusst schüchternen Geste schließlich der Minirock heruntergeschält wird. Grapschen ist dann bereits erlaubt.

Und natürlich steht auch hier die soziologische Theorie der „männlichen Dominanz" im Raum: Wollen (mehrere) Männer hier wieder überlegen sein über die (eine) Frau? Aber andererseits: warum *wieder*? Wann waren sie denn zuletzt überlegen über die Frau?

Ich überlege ob jene Männer meiner Generation, die ich aus Schule und Studium kenne, jemals eine Machtstellung über eine Frau hatten oder kennengelernt haben, die sie gerne zurück hätten – und mir fällt kein Beispiel dafür ein. Denn auch mein Vater war ein partnerschaftlicher Mann. Und viele andere Liebesbeziehungen von Männern, die älter sind als ich, konnte ich nie kennenlernen.

Oder reicht es bereits, eine Enttäuschung in der Beziehung zu einer Frau erlebt zu haben, um „das nächste Mal der Boss sein" zu wollen?

„Double Penetration" sieht meist kompliziert, weil akrobatisch aus. Aber anscheinend müssen der Frau manchmal „alle Löcher gestopft" werden. Eigentlich müssten die zwei Männer, die sich gleichzeitig in den Unterleib der Frau bohren, manchmal den jeweils anderen Penis spüren. Wie man damit umgeht, werde ich wohl nie erfahren – ebenso wenig, ob die weit verbreitete Homophobie das ganze Unterfangen nicht erregungstechnisch belastet. Aber die Frau liegt ja schützend zwischen den nackten Männern: wenn sie sich gegenseitig berühren, dann müsste das schon ein Zufall sein.

Kann die Vorliebe für die Doppel- und Dreifachpenetration einer Frau in einer Wut auf die sexuelle Erregung durch schöne Frauen begründet liegen, die uns Männern in der sexualisierten Werbung immer öfter vor die Nase gesetzt werden?

„Hat sicher mit dem Backlash aufgrund des Feminismus zu tun", sagte Karin einmal – eine Soziologie-Kollegin, die Bernhard und ich einmal nach ein paar Drinks in eine vorsichtige Porno-Diskussion verwickelten. „Die Männer schlagen eben zurück: wenn sie es nicht im wirklichen Leben können, dann in ihren Porno-Phantasien".

Vielleicht hatte Karin Recht: Aber wo ist der einzelne Mann im Berufsleben tatsächlich benachteiligt? Die Statistiken sprechen dagegen, dass er finanziell schlechter dasteht als die weiblichen Arbeitnehmerinnen – und ob er eine Gleichbehandlung wirklich als Bedrohung erlebt?

Jedenfalls muss die „erlegte" Frau den Männern zu Diensten sein, bis diese leergesaugt sind – bzw. sich leergestoßen haben. Dann lächeln sich die Darsteller eventuell noch ermattet und mit schweißglänzenden Gesichtern zu – wenn die Kamera zufällig einmal nicht auf dem Cumshot bleiben sollte.

Die Sprachlosigkeit der Pornodarsteller ist eine Metapher für die Sprachlosigkeit der Männer untereinander im alltäglichen Leben. Männerfreundschaften sind ein schwieriges Thema – wer tatsächlich einen guten Freund hat, kann sich heutzutage bereits glücklich schätzen.

Seit es das Fernsehen gibt, gehen wir abends nicht mehr aus dem Haus, um in einer gemütlichen Runde zu plaudern. Seit es Telefone gibt, erliegen wir der Illusion, ein dreiminütiges Telefonat, in dem die Worte „Wie geht's" vorkommen, sei die Pflege einer Freundschaft – oder der „Aufbau eines Netzwerkes". Seit es SMS gibt, kostet ein Glückwunsch zum Geburtstag nur mehr sieben Cent und eine Minute Tippen. Und ein Email mit „Grüßen aus Rom" ist schnell im Internetcafe getippt und an den „Friends" Verteiler gemailt, der zwanzig Emailadressen enthält.

Wenn wir Männer uns tatsächlich treffen, beginnt eine Mischung aus Balzgehabe und skeptischer Beobachtung: hat er den besseren Job, die hübschere Frau, das tollere Auto – sieht er besser aus? Wir bleiben cool und lachen nicht zu laut – außer drei Biere sind bereits geleert – und Herrenwitze werden erzählt.

Sich gemeinsam über eine Frau herzumachen, kann dann die ersehnte Gleichwertigkeit zwischen zwei Männern darstellen: Du hast diese Frau nicht alleine gekriegt (weil du erfolgreicher, stärker ... bist), wir haben sie beide gekriegt, haha!

Männer mit schönen Frauen werden oft beneidet – obwohl es keinen Beweis dafür gibt, wie oft sie Sex miteinander haben, und ob dieser Sex befriedigend ist.

Ab und zu – und ich hatte das Glück, in ein paar ziemlich „ehrlichen" Männerselbsterfahrungsgruppen zu sitzen, erzählt ein Mann auch, dass er fast nie Sex mit seiner „geilen" Frau hat – und auch ich kenne diese Situation aus einer früheren Beziehung.

Ein Mann, der seine Frau wegen ihrer sexuellen Verweigerung zu hassen beginnt, findet vielleicht unter „Please bang my wife" Szenerien, in denen Frauen vor den Augen ihres Partners „durchgefickt" werden.

Andererseits: es gibt ja offensichtlich in jeder größeren Stadt einen Swingerclub – Partnertausch hat dort anscheinend nichts mit Hass zu tun, sondern mit freier *Liebe*. Und was ich nicht weiß ist, ob Paare, die über zwanzig Jahre miteinander zusammen sind, darin nicht tatsächlich eine erotische Erfrischung erfahren.

In einem Jazzclub legte einmal eine rund fünfundfünfzigjährige Frau unter dem Tisch ihre Hand auf meinen Schenkel: ihr Ehemann saß daneben – und sah das vorerst noch nicht.

Kurz darauf – die Livemusik war laut, man konnte also nicht viel reden - wollte sie mich küssen, worauf ich meinen Kopf abwandte. „Das macht den doch geil" raunte sie mir ins Ohr.

Bevor ich irritiert das Lokal verließ war noch Zeit für einen kurzen Wortwechsel. „Wir sind über zwanzig Jahre verheiratet." erklärte sie grinsend „Wir verschaffen uns immer wieder ein wenig Abwechslung – das ist ja nichts Böses ...". Ob ihr Mann die Sache genauso sah (und ob er sie noch liebte) würde ich an diesem Abend wohl nicht erfahren, aber natürlich: ich hätte ihn damals in die Männergruppe einladen können. Das wäre sicher ein spannender Gruppenabend geworden.

Ich erinnere mich an das Buch „Die offene Ehe", das wohl in den wilden Sechzigern und Siebzigern eine gewisse Popularität erlangte und die „freie Liebe" für verheiratete Paare propagierte. Und mir fallen diffus einige esoterische Textpassagen ein, in denen von „offener Liebe" und „Offenheit für die universelle Liebe" geschwafelt wird.

Und natürlich fällt mir Otto Mühl und seine Kommune ein, der diese „wir teilen alles – auch unsere Frauen" Theorie offensichtlich recht charismatisch diversen Kommunarden eingetrichtert hat.

Die Esoterikwelle schaffte es offensichtlich, die Sehnsüchte nach Liebe und Geborgenheit auch von hochintelligenten Menschen anzusprechen und Bücher mit verwirrenden multikulturellen Erotiklehren in großer Stückzahl zu verkaufen.

„Wenn du wirklich liebst, dann liebst du nicht nur exklusiv einen Menschen" ist da schon mal zu lesen. Oder: „Ich kann meine Liebe nicht nur auf dich alleine beschränken – in mir ist einfach zu viel von dieser Liebe".

Was für ein Glück, seufze ich innerlich, dass ich diese Diskussionen selbst in noch keiner Beziehung erlebt habe.

Gleichzeitig steigt in mir der Verdacht auf, dass jene „spirituellen" Männer, von denen ich hier spreche, wohl nicht die „Gangbang" Videos ansehen. Vielleicht gäbe es bereits einen Markt für esoterische Pornovideos: mit

Klangschalenmusik, erotischen Massagen (hoffentlich auch: der Brüste) vor kleinen Liebesaltären, Tantrasex (ohne Facial Cumshots) und Zeitlupeneinstellung.

Aber was weiß man. Volker, in dessen Regal mehrere OSHO Bücher stehen, hat zwei Regale darunter ein paar Hardcore DVDs gelagert. „Versteckst du die nicht, wenn du Damenbesuch hast?", frage ich, der ich weiß, dass Volker leider bereits ziemlich lange schon keinen Damenbesuch mehr hatte.

„Ist zurzeit kein Thema" meint Volker „Aber wenn einmal doch, dann würde ich von einer Frau erwarten, dass sie mich annimmt, wie ich bin: auch mit den paar Porno-DVDs".

Aha.

MÄNNERGLÜCK

Den Bildschirm aufzudrehen, kurze Männermärchen-Filme anzusehen, und sich mit der rechten Hand ein paar Glücksmomente zu verschaffen – ist das die neue Definition von Männerglück?

Glück? Was war denn das einmal für mich? Als ich fünf Jahre alt war? Später mit zehn? Dann mit achtzehn, fünfundzwanzig, vierzig?

Und was ist es wohl für die meisten Männer meines Alters? Eine hübsche Frau, gesunde Kinder, ein harmonisches Familienleben, eine schöne Wohnung (oder sogar ein Haus)? Ein interessanter Job, genug Geld, Freunde? Reisen, ein netter Sport? Fußball schauen, ein tolles Auto?

Gesundheit war ja lange kein Thema – wurde es erst in den letzten Jahren mit den beginnenden Kreuzschmerzen. Was aber, wenn die Familienphase vorbei ist? Scheidung, Kinder aus dem Haus? Sicherer, aber langweiliger Job? Genug Geld, aber wiederum nicht genug um den langweiligen Job einfach sausen zu lassen? Freundschaften, die man pflegt, aber wenige Gespräche in denen man ernsthaft gefragt wird „Wie geht es dir wirklich?"

Richtig entspannte Gespräche mit meinen Geschlechtsgenossen gab es meiner Erinnerung nach zuletzt in der Schulzeit: damals hatten wir die Zeit, ganz entspannt vor dem Schultor zu stehen und zu plaudern – vielleicht auch bei einem gemächlichen gemeinsamen Heimweg – „Du ich begleite dich noch ein Stück". Auch auf Parties war Zeit zu Plaudern – sie fanden fast immer in diversen Wohnungen statt – und nicht unter ohrenbetäubenden „Beats" in Diskotheken.

Jetzt finden intensive Männergespräche oft nur mehr in Wochenendseminaren und in Therapiegruppen statt. Selbsterfahrungsgruppen sind ja aus der Mode gekommen, seit uns eine Lawine an Coaching- und Lebenshilfe-Ratgebern erklärt hat, dass auch das Arbeiten an sich selbst zielgerichtet sein muss. Und wer ein größeres Sümmchen für eine Therapie hingeblättert hat, will dann auch bald Ergebnisse sehen.

Das kann einen Mann, der in aller Ruhe mit anderen Männern plaudern will schon entmutigen.

Dann schon lieber die ewige Phantasie der vollbusigen Blonden, die ihn mir zuerst hartbläst, sich dann am Schreibtisch vornüber beugt um sich von hinten nehmen zu lassen, sich schließlich wieder vor mich kniet, um den Beweis in Empfang zu nehmen, dass ich wirklich erregt war.

Lego Bausteine! Wollte ich mir unlängst kaufen, als sie bei SPAR im Sonderangebot waren.

Einfach nur spielen! Aber solche Spiele haben wir Männer uns abgewöhnt.

Wir tun nichts mehr ohne langfristiges Ziel. Zu groß sind die Herausforderungen der anderen virtuellen Welten: des Fernsehens, der Illustrierten, der anderen bunten Fenster im Internet, die bei Lesen irgendwelcher Artikel aufgehen, ohne dass wir es verhindern können:

Wir Männer (und nicht nur wir Männer), müssen erfolgreich sein: In den Werbe-Pop-Ups lachen uns braungebrannte Naturburschen laufend entgegen, in ihren Cabrios, mit dem neuen Wohnungskredit in der Tasche rüber zu ihrer hübschen Frau fahren, die ihm um den Hals fällt.

James Bond, den wir ja alle kennen, taucht auf einmal hundertfach geklont in anderen Werbungen auf: cool aber doch humorvoll, stark aber auch elegant, wohlhabend, stilsicher, sexy.

Wir lesen zwischendurch von den „sexiest men alive", und versuchen, ihnen irgendwie nahezukommen.

Da wir unsere Körper also in Form bringen wollen, spielen wir höchstens noch Matches in Mannschaftssportarten.

Ich habe in meinem Bekanntenkreis schon lange niemanden mehr Karten spielen gesehen. Auch Männer, die an Modellbooten oder ferngesteuerten Flugzeugen basteln, kenne ich zurzeit nicht.

Pokern scheint zu boomen – und das kann man auch von zu Hause aus übers Internet. Zwischendurch ist dort gleich einmal ein Ausflug in die virtuelle Erotik-Videothek. Und dort lebt ja auch die Hoffnung auf das große Geld – es ist also auch ein Spielen, das einen bestimmten Zweck verfolgt: den Aufstieg in die Liga der Männer, „die es geschafft haben".

Beunruhigend finde ich, dass immer mehr Männer jenseits der zwanzig noch Computerspiele spielen. Ich dachte eigentlich, das sei nur etwas für Teenager. Aber offensichtlich erwachsene Journalisten erheben in Lifestyle Magazinen Lobeshymnen auf Killerspiele, in denen man sich schwerbewaffnet einen Weg durch eine Stadt (oder einen Dschungel) schießt.

Unglaublich fand ich Szenen, in denen beiläufig Passanten auf der Straße blutig geschlagen oder getötet werden können (wenn ich mich recht erinnere war das wohl in „GTA") – „cooles Feature" wird das dann unter Fachleuten schon mal genannt und dabei vermutlich gegrinst – wie unter Sechzehnjährigen.

Ich kenne eine Frau, die in der psychologischen Flüchtlingsbetreuung arbeitet – und dort geht es recht oft um die Behandlung von Traumata.

So zum Beispiel um einen neunzehnjährigen Nigerianer, der aus seinem Versteck mit ansehen musste, wie seine Eltern erschossen wurden.

Ich wünschte mir, dass diese Flüchtlinge in einen Dialog treten mit jenen tausenden jungen

Männern, die nächtelang „virtuelle" Menschen erschießen und es „irgendwie cool" finden, dabei noch besser zu werden.

Aber auch das passt zu der Vermutung, dass viele Männer in virtuelle Welten flüchten, denen die unterschiedlichen Männlichkeitsideale, die sie laufend präsentiert bekommen, zu unerreichbar erscheinen.

Da begibt „mann" sich lieber auf sicheres Terrain: Virtuelle Räume, in denen man unterschiedliche Rollen einnehmen kann, die man jederzeit wieder verlassen kann: Soldat, Schurke, Rennfahrer, Hubschrauberpilot, Pokerspieler. Und zwischendurch wird virtuell gefickt.

Hier wird man nichts mehr gefragt. Also muss man auch nicht antworten und davor nachdenken, warum man sich so verhält und nicht anders.

Man gestaltet seine Welt mit ein paar Mausklicks.

„Irgendwie cool."

PORNOS MACHEN TRAURIG

An einem Montagabend passierte dann einmal etwas recht Seltsames - etwas Verstörendes:

Meine Schwägerin rief mich an, als ich gerade in meine Recherchen versunken war. Als ich Ihre Nummer auf meinem Display sah, fuhr ich die Lautstärke meines Computers (die Lautstärke des Stöhnens) runter – es gibt da eine recht rasche Tastenkombination.

Daneben lief das Radio.

Nach dem Telefonat war der Ton meines PCs, auf dem gerade heftig in eine Frau gestoßen wurde, noch immer weggeschalten und im Radio sang Celine Dion den Schmachtfetzen aus „Titanic": „My heart will go on". Und ich gestehe: der Song geht mir ans Herz.

In mir stieg plötzlich Ekel hoch, als ich auf meinen Bildschirm sah. Vielleicht weil zwei Welten hier aufeinanderprallten: Romantik und Leidenschaft mit dem Hämmern einer Baustelle. (Sind nicht Porno-Drehorte einfach Baustellen, in denen fast nur gehämmert wird?).

Denn ich bin ein zweifelsohne ein romantischer Mensch. Ich suche ruhige Lokale auf, in denen abends Kerzen auf die Tische gestellt werden – ich liebe langsame Countrymusik. Ich blicke gerne mit einer Frau, der ich zugetan bin, hinaus aufs Wasser, oder hinunter von einem Berg, mache mit ihr Spaziergänge und all die Dinge, die Verliebte gerne tun.

Das alles habe ich offensichtlich tief vergraben, seit ich in den virtuellen Porno-Regalen herumstöbere. Und das alles kommt unweigerlich zum Vorschein, wenn ein romantisches Lied im Radio gespielt wird.

Ich war ein paar Momente paralysiert: sollte ich den PC abdrehen oder das Radio? Meine Erregung war seit dem Telefon sowieso dahin.

Ich stoppte den Clip und setzte mich aufs Sofa, um den Song bis zum Ende zu hören. „You´re near, there´s nothing I fear cause I know that my heart will go on."

Wer sagt das heute noch? Wer denkt das heute noch: „Du bist in meiner Nähe, ich fürchte mich vor nichts"? Wo taucht diese diese nichtsexuelle Nähe – diese Vertrautheit noch auf in den tausenden „Clips", die wir in unserer Medienumgebung vor die Nase bekommen – seien sie jetzt pornographisch oder nicht.

Wer behauptet, dass die Liebe überleben wird – in einer Zeit in der jeder das Beste aus sich und seinem Umfeld herausholen wird.

Die Liebe überlebt sicher nicht, wenn wir Männer uns konditionieren, reflexartig auf Frauen mit der strafferen Oberweite und den glatteren Oberschenkeln zu gaffen. Im Vergleich zu Porno-Starlets sehen die meisten unserer Ehefrauen vermutlich eher durchschnittlich aus.

Aber wir Pornogucker sind eben nicht darauf konditioniert, jedes Mal den Kopf zu drehen, wenn eine Frau uns gut zuhört, uns ermutigt, weil sie uns schon gut kennt, unsere Hand nimmt in einem ergreifenden Moment.

Vielleicht hören wir einer Frau überhaupt nicht mehr zu, wenn sie einen großen Busen hat. Und das nicht unbedingt weil uns Pornos konditioniert haben, das hat die sexistische Werbung schon lange davor schleichend angeregt, und eine sexualisierte Medienwelt tut ihr übriges dazu:

Offensichtlich verkauft Christina Aguilera mehr CDs, wenn Sie sich in Musikvideos halbnackt die Lippen leckt. Und dass die Pussycat Dolls den englischen Namen für Muschi und Puppen enthalten, ist wahrscheinlich auch kein Zufall.

Es gibt keine zwanzig-Sekunden-Clips, die man in einer Endlosschleife über den Bildschirm laufen lassen kann, um die Sehnsucht nach Verständnis, Aufmunterung oder Zuneigung zu befriedigen. Und wir haben kein Organ dafür, das man einfach rubbeln könnte, um zum gewünschten Erfolg zu gelangen.

Als der Song schließlich vorbei war, drehte ich das Radio ab und versuchte, am PC dort weiterzumachen, wo ich vor dem Telefonat aufgehört hatte – aber es wollte nicht so richtig gelingen.

Egal. Es war spät, ich war noch nicht richtig müde und ich musste am nächsten Tag früh raus.

Also beruhigte ich einen Hormonhaushalt, der davor sowieso ziemlich ruhig war.

Danach legte ich mich ins Bett und versuchte zu lesen. Den Karriereteil der letzten Wochenendausgabe des Standard. Ein paar Seiten weiter dann die Inserate „Er sucht sie" und so weiter.

Vielleicht sollte ich selbst so ein Inserat aufgeben.

„Und – was zeigen die Auswertungen der Datenströme?"
fragte die kleine grüne Frau nach weiteren dreihundert
Erdumrundungen.

„Es ist nicht uninteressant. Sie filmen sogar die
Paarungen." – „Sie filmen die Paarungen? Welchen Sinn
soll denn das ergeben?" – „Wir sind uns noch nicht ganz
sicher. Höchstwahrscheinlich als Ersatzhandlungen für
eine richtige Paarung"

„Was gibt es denn da viel zu filmen? Das Männchen
bespringt doch wohl das Weibchen – wie die anderen
Wesen auf diesem Planeten eben auch .."

„Eben nicht. Sie filmen verschiedenste Variationen und
Stellungen – es scheint eine eigene Kulturform zu sein."

„Seltsame Gattung. Und worin besteht nun der
Unterschied zwischen den Weibchen und den Männchen –
was sind die sexuellen Schlüsselreize? Ich meine -
abgesehen von den primären Geschlechtsorganen?"

„Nun, die Weibchen haben anscheinend meist breitere
Hüften und zwei Wölbungen im Brustbereich. Das
scheint die Männchen ganz wild zu machen."

„Breitere Hüften und zwei Wölbungen im Brustbereich,
die wir bei den bekleideten Exemplaren gar nicht richtig
wahrnehmen konnten? Und dann das Abfilmen
verschiedener Varianten der Paarungsakrobatik? Das ist
schon irgendwie ein seltsamer Planet, nicht wahr ...?"

DIE PORNO REGALE

Ich will Ihnen nicht vorenthalten, lieber Leser und liebe Leserin, welche Rubriken ich auf meiner Lieblingsseite gefunden habe. Die meisten davon interessieren mich nicht – ich kann mir auch nichts darunter vorstellen – immerhin interessant, was es so alles gibt:

#:
10+ Inch Cock
18 year olds
19 year olds
3some
4some
69

A:
Adorable
All Holes
Amateur
American
Anal
Anal Creampie
Anime
Army
Asian
Asian Teen
Ass
Ass Fucking

Asshole
Ass to Mouth
Audition

B:
Babe
Babysitter
Backseat
Ball Licking
Banana
Barely Legal
Bathing
Bathroom
Banging
BBW
BDSM
Beach
Beauty
Beaver
Bed Sex
Bedroom
Big Ass
Big Cock
Big Black Cock
Big Tits
Biker
Bikini
Bimbo
Bisexual
Bitch
Bizarre

Black
Black Teen
Blindfolded
Blonde
Blowjob
Bondage
Boobs
Booty
Boss
Bottle
Bounce
Boys
Bra
Braces
Brazilian
Bride
British
Brunette
Brutal
Bubble Butt
Bukkake
Busty
Busty Teen
Butt
Buttfucking

C:
Camel Toe
Car
Cartoon
Cash

Celeb
Cheating
Cheerleader
Chinese
Christmas
Chubby
Classic
Clit
Close up
Cock
Coed
College
College Girl
Cop
Country
Couple
Cowgirl
Creampie
Cum
Cumshot
Cum Covered
Cum Drenched
Cum Swapping
Cum Swallowing
Cunt
Curly
Cute
Czech

D:
Deepthroat

Desk
Dick
Dildo
Dirty
Doctor
Doggystyle
Doll
Domination
Dorm
Double Anal
Double Fucked
DPed
Drilled
Drinking
Drunk
Dyke

E:
Ebony
Ethnic
European
Exotic
Experienced
Extreme

F:
Face Fucked
Facial
Fantasy
Fat
Fat Ass

Feet
Femdom
Fetish
FFM
Fingering
Fireman
First Time
Fisting
Flasher
Footjob
Foreplay
Foursome
French
Fucking

G:
Gagging
Gangbang
Gaping Holes
Gay
German
Giving Head
Glasses
Gloryhole
Gorgeous
Goth
Granny
Group Sex
Gym

H:

Hairless
Hairy
Handjob
Hardbodied
Hardcore
Hentai
Hidden Cam
High Heels
Home
Hotel
Hooker
Hooters
Hospital
Hot Mom
Housewife
Huge Cock
Huge Tits
Hung
Hungarian

I:
Indian
Innocent
Innocent Teen
Interracial
Interview
Insertions (strange)

J:
Japanese
Jerking

Jizz
Juggs
Juicy

K:
Kinky
Kissing
Kitchen
Knockers

L:
Lace
Latex
Latina
Leather
Legs
Lesbian
Lick
Licking Pussy
Lingerie
Lolita
Long Hair

M:
Machine Fucking
Maid
Massage
Masturbating
Mature
Melons
Messy Facials

Midget
MILF
Milk
Missionary
Mistress
MMF
Model
Mom
Monster Cock
Mouthful
Muff Diving

N:
Natural Boobs
Nipples
Nude
Nurse
Nylon
Nympho

O:
Office
Oiled
On Top
On Her Knees
Oral
Oriental
Orgasm
Orgy
Outdoor

P:
Pain
Pale
Panty
Pantyhose
Park Sex
Party
Peeing
Penetrating
Perfect
Perky
Pics
Piercing
Pigtail
Pissing
Plumper
Police
Pool
Porn Movies Pornstar
Posing
Pregnant
Pretty
Public
Pussy

R:
Rape
Redhead
Riding
Rough Sex
Russian

S:
Schoolgirl
Screaming
Secretary
Sex
Shaved
Shemale
Short Hair
Shower
Shy
Sister
Skank
Skinny
Skirt
Slave
Sleeping
Slim
Smoking
Snatch
Soccer
Sofa Sex
Solo
Spanish
Spanked
Speculum
Sperm
Spit
Sports
Spreading
Spring Break

Spy
Squirt
Stocking
Stranger
Strap-on
Stripper
Student
Suck
Sunbathing
Superb
Swallowing Cum
Swinger
Sybian

T:
Tall
Tanned
Tattoo
Teacher
Tease
Teen
Tennis
Thai
Thong
Threesome
Throat Fucked
Tied up
Tight
Tight Pussy
Tiny
Tits

Titty Fuck
Toilet
Toon
Topless
Torture
Toys
Tranny
Tricked
Twins
Twink

U:
Underwear
Undressing
Uniform
Upskirt

V:
Vegetable
Vibrator
Vintage
VIP Room
Virgin
Vixen
Voyeur

W:
Watersport
Webcam
Wet
Whore

Wife
Wild
Workout
Wrestling

Y:
Young

WEBSEITEN-NAMEN

Die meisten Porno-Webseiten sind ja in Englisch – und die Pornokonsumenten dürften die wichtigsten Porno-Worte ja bereits kennen: Sex, XXX, Hardcore, Fuck – dafür braucht man noch keinen Englischkurs – und es lässt sich damit bereits eine gewisse Recherche beginnen. „Free movies" oder „Free pics" hat man auch schnell heraußen.

Aber hinter den Namen der Porno-Webseiten verbirgt sich oft schlimmeres: dazu muss man das Englisch-Wörterbuch bemühen (und dort findet man nicht alles).

So manches, was ich im Haupttext dieses Buches beschrieben habe wird dort erstaunlich deutlich, auch wenn es brutal oder frauenverachtend klingt.

Meinen bescheidenen Englischkenntnissen zufolge gibt es Porno-Homepages, die übersetzt folgendes bedeuten würden:

analverkehr.com

ausgenuetzteasiatischeteens.com

ausgenuetzteteens.com

bittefickmeinefrau.com

bohrenderkaeptn.com

besetzungscouch.com
besetzungscouchteenager.com

bittefickemeinefrau.com

dieheissemuttermeinesfreundes.com

ersteauditions.com

feindseligesficken.com

fickbrueder.com

fickinihrenrachen.com

geficktebabysitter.com

geficktegesichter.com

geilesamerika.com

gesichtsspermaerniedrigung.com

gesichtsspermaziele.com

grossetittenbeiderarbeit.com

hardcorepartys.com

meinetochterfickteinenschwarzen.com

menschlichekloschuesseln.com

muetterjaeger.com

mundstopfer.com

reifefrauen.com

schwarzeaufblondinen.com

schwarzemuetterficker.com

spermafest.com

spermamaedchen.gom

spermaschluckehefrau.com

strassenblowjobs.com

DIE HAUPTDARSTELLER/INNEN

Und dann kann man auf meiner Lieblings-Seite die Clips auch nach dem bevorzugten Pornostar herausfiltern. Auch hier kenne ich die meisten nicht.

Legendär ist jedenfalls sicher Peter North, der jeweils rund einen halben Liter Sperma ejakulieren kann (keine Ahnung, wie er das fertig bringt). Das ist natürlich vor allem bei Facial Cumshots relevant.

Und unvorsichtigerweise habe ich zwischendurch bereits zugegeben, wer meine eigene Lieblings-Actress in der virtuellen Parallelwelt ist: Sylvia Saint, eine tschechische Blondine, bei der alles echt wirkt (was man in diesem Metier bei weitem nicht mehr oft sagen kann: Brüste, die nicht mehr natürlich wippen zeugen von einer Unmenge an Silikon. Vielleicht ist auch deshalb das Anfassen der vom Platzen bedrohten Brüste in den meisten Pornos tabu?).

Vor kurzem hat mich Bernhard noch auf Vicky Vette hingewiesen, die ein ähnlicher Frauentyp wie Sylvia Saint ist – vielleicht noch üppiger gebaut. „Die könnte dir gefallen" meinte er – und ich verstand zuerst Vicky „Wet" – aber so ist das wohl auch gemeint.

Hier also eine Hall of Fame (vermutlich gibt es auch andere Listen – und sind manche dieser

Personen nicht auch bereits auf Wikipedia zu finden?).

A:
Adriana Sage
Alana Evans
Alaura Eden
Alexis Amore
Alexis Malone
Alicia Rhodes
Allysin Chaynes
Amber Lynn
Amber Rain
Amee Donovan
Amy Lee
Anastasia
Angel Dark
Angel Eyes
Angel Long
Angelica Sinn
Anna Nova
Ariana Jollee
Ashley Blue
Ashley Long
Ashton Moore
Asia Carrera
August
Aurora Snow
Austin O'Riley
Ava Devine
Avena Lee

Avy Scott

B:
Bamboo
Barbara Summer
Belladonna
Bobbi Eden
Brandi Bell
Brandy Lyons
Brandy Taylor
Briana Banks
Bridgette Kerkove
Brittney Skye
Brooke Skye

C:
Candy
Carmen Hayes
Carmen Luvana
Cashmere
Catalina
Cicciolina
Charlie
Charmane Star
Cherokee
Chloe Dior
Christy Canyon
Cindy Crawford
Crissy
Crystal Ray
Cytherea

D:
Daisy
Daniella Rush
Dani Woodward
Delilah
Devin Deray
Devon Michaels

E:
Emily Davinci
Envy
Eva Angelina

F:
Felicia
Flick Shagwell
Friday

G:
Gauge
Gina Ryder
Ginger Lynn

H:
Hannah Harper

I:
Ice La Fox

J:

Jackie Moore
Jade Marcela
Jana Cova
Jasmine Lynn
Jayna Oso
Jenna Jameson
Jenna Haze
Jessica Darlin
Jessica Drake
Jewel DeNyle
Jill Kelly
John Holmes
Judy Star
Julie Robbins

K:
Kacey
Karen Kam
Karina
Karma
Katja Kassin
Katsumi
Kaylani
Keisha
Kelly Kroft
Kianna Dior
Kitten
Kitty
Krystal Steal

L:

Lacey Duvalle
Lanny Barbie
Lauren Phoenix
Layla Jade
Lea De Mae
Lex Steele
Lezley Zen
Lily Thai
Linda Lovelace
Lola
Lucy Lee
Lucy Thai
Lyla Lei

M:
Madison
Mandy Bright
Mason Storm
Melanie Jagger
Melissa Doll
Melissa Lauren
Mika Tan
Missy Monroe
Misty Mendez
Miko Lee
Monica Mayhem
Monica Sweetheart
Monique
Mya Mason

N:

Nadia Nyce
Natasha
Nautica
Nicole Sheridan
Nikita Denise
Nikky Blond
Nina Hartley

O:
Olivia Del Rio
Olivia Olovely

P:
Pandora Dreams
Patricia
Peter North

R:
Raven Riley
Renee Pornero
Rita Faltoyano
Ron Jeremy
Ruby

S:
Sabrine Maui
Sandy
Sandy Summer
Sara Jay
Sativa Rose
Savanna

Selena
Sierra
Sharon Wild
Shyla Stylez
Sophie Evans
Stacy Valentine
Summer Tyme
Sylvia Saint

T:
Tabitha Stevens
Taylor Lynn
Taylor Rain
Taylor St Claire
Tawny Roberts
Teen Kelly
Tera Patrick
Tory Lane
Trinity
Tyler Faith

V:
Venus
Veronika
Vicky Vette
Victoria
Violet Blue
Vivian